Elizabeth Musser

Sunny

Die Geschichte einer großen Freundschaft

Erzählung

Aus dem amerikanischen Englisch
übersetzt von Friedemann Lux

johannis

Bibliografische Information der Deutschen Nationalbibliothek
Die Deutsche Nationalbibliothek verzeichnet diese Publikation in der Deutschen Nationalbibliografie; detaillierte bibliografische Daten sind im Internet über http://dnb.d-nb.de abrufbar.

ISBN 978-3-501-01634-3

Bestell-Nr. 72489

Umschlagbilder:
Sylvain Felix *(Hund)*; Willy Venderville/Fotolia *(Hintergrund)*
Umschlaggestaltung: Ch. Karádi
Lektorat: Dr. Ulrich Parlow
Gesamtherstellung:
St.-Johannis-Druckerei C. Schweickhardt GmbH,
Lahr/Schwarzwald
Printed in Germany 2010

www.johannis-verlag.de

Für »meine Männer«: meinen Ehemann Paul, meine Söhne Andrew und Christopher und unseren neurotischen Hund Beau. Ich danke meinem Herrn dafür, dass er euch alle in mein Leben gestellt hat, und für alles, was ich von euch gelernt habe. Ich liebe euch!

Prolog

Der Tag ist beinah glühend heiß, und meine Zunge hängt heraus und ich hechele, dass meine Flanken sich heben und senken, heben und senken. Ich liege auf dem heißen Asphalt der Garageneinfahrt, die Ohren aufgestellt, die Augen wach, das Herz rasend – nicht nur von der Hitze, sondern vor Hoffnung. Vielleicht – vielleicht kommt er heute zurück. Vielleicht ist es nur noch ein kurzer Augenblick, und ein winziger Luftzug trägt mir seine Witterung herbei und ich höre seinen ungleichmäßigen Schritt, wie er die Einfahrt hinaufläuft.

Ich habe so lange gewartet. Manchmal, wenn ich diese vagen, fernen Geräusche höre, springe ich auf die Füße, obwohl »springen« heute ein anderes Wort für mich ist als damals, vor all den Jahren, als ich zu ihnen kam. Und dann stehe ich da, spitze die Ohren und hebe meine Nase in den Wind. Sie finden, dass ich richtig würdevoll aussehe, wenn ich so stehe. Und schön. Sie nennen mich dauernd schön. Oder »dummer Hund«. Entweder das eine oder das andere.

Ich warte, aber er kommt nicht. Meine Ohren werden schlaff und ich erinnere mich an die freudigen Begrüßungen, wenn er kam, früher. Wie wir sprangen und spielten und rannten. Heute kann ich fast nicht mehr in die Luft springen oder zum Zaun rennen. Selbst das Bellen strengt mich an.

Ich frage mich, ob er wohl kommt, bevor es zu spät ist. Ich weiß nicht genau, was »zu spät« bedeutet, nur dass Bucky nebenan nicht mehr draußen spielt. Ich habe gesehen, wie die Nachbarn ihn in ihrem Garten begruben, unter den Hortensien.

Ich möchte nur eines: Meinen Jungen noch einmal sehen, bevor auch ich unter die Erde komme.

Und so warte ich weiter.

Kapitel 1

Der Herbst hatte angefangen, als er zu mir kam. Ich lag im Zwinger und hatte die Staupe, während um mich herum ein Dutzend andere herrenlose Rüden herumsprangen und wie verrückt den Jungen anbellten, der da draußen ankam. *Wau, wau, wau!* Ich war müde und konnte nicht mehr. Wer meine Rippen zählen wollte, dem reichte ein gründlicher Blick, selbst durch das lange Fell hindurch.

Er kam zum Drahtzaun und kniete sich mir direkt gegenüber hin.

Er flüsterte etwas und ich mochte den Klang seiner Stimme; sie war schön und eine Spur brüchig. Ich mochte nicht nur seine Stimme, die voller Mitgefühl war, sondern auch seine runden, neugierigen Augen, deren Farbe an einen zu Ende gehenden Sommertag erinnerte und die vor Leben glänzten. Er war nicht so wie die vielen anderen Kinder, die einen anstarrten und laut und quengelig und hyperaktiv waren. Er war ruhig – vielleicht zu ruhig für sein junges Alter, aber damals wusste ich nicht, was er hinter sich hatte. Ich wusste nur, dass ich ihn mochte, und wollte, dass er mich auswählte.

Wir hatten im Zwinger unsere Hackordnung und ich war nicht der Leithund; ich verhielt mich still und versuchte, dem Knurren und den gebleckten Zähnen auszuweichen. Wir alle wollten raus aus diesem Zwinger, hinaus in die Freiheit, auch wenn wir nicht wussten, wo oder was das war.

Er hatte lockiges, blondes Haar, das seine Ohren fast bedeckte, und dunkle Augen, und als ich seine Hand leckte, die er gegen den Drahtzaun zwischen uns gelegt hatte, lachte er leise und sanft. Ich roch Salz, ich roch Wärme und jenes besondere Aroma des Menschlichseins – der Freundlichkeit, der Fürsorge –, das ich früher in den Händen des Kleinen Jungen und der Schwachen Frau gerochen hatte, bevor der Böse Mann es alles weggenommen hatte. Ich spürte: Dieser Junge würde nie zu einem Bösen Mann werden.

Ich kann Augen lesen, besonders wenn ein Mensch sich hinhockt und mich direkt ansieht. Dann weiß ich, wer böse sein wird und wer gut. Oder auch einfach gleichgültig. In meinem Leben vor dem Zwinger hatte ich sie alle kennengelernt, diese drei Arten von Menschen.

Der Junge lachte leise und schaute zu mir herunter und ich hob meinen Kopf und schaute zu ihm auf. Unsere Augen trafen sich und ich begann mit meinem Schwanz zu wedeln, nur ein schüchternes, langsames *Flopp, flopp* auf dem nackten Zement, aber er sah es.

Er drehte sich um und sprach mit einer Frau, während er auf mich zeigte. Später würde ich auch ihre Augen lieben lernen, würde auch sie beschützen wollen, aber an diesem Tag, wo ein Nicken oder Kopfschütteln über meine Zukunft entscheiden würde, wollte ich nur eines:

dass es dem Jungen gelänge, die Frau dazu zu bringen, mich mitzunehmen.

Die Frau zog einen Mundwinkel eine Spur nach oben, ihre Augen begannen zu glänzen und sie nickte. Und ich wusste, dass ich das gefunden hatte, was sie mit dem Wort bezeichneten, das man bei uns so oft hörte. Ein Heim.

Kapitel 2

Ein Jahr und sechs Tage nach dem Unfall fuhr ich mit Peter zum Tierheim. Im Zooladen waren wir schon gewesen, aber Peter war eisern. »Ich will keinen Hund *kaufen*, Mama, ich will einen adoptieren. Ich will einen Hund, der mich braucht.«

Was Peter nicht sagte, aber was ich trotzdem heraushörte, war, dass er einen Hund wollte, der gelitten hatte wie er und ihn daher verstehen könnte. Ja, so war Peter immer – empfindsam, sensibel.

Und so fuhr ich an einem schwülen Nachmittag Anfang September mit ihm zum städtischen Tierheim. Nur er und ich, wir beide. Dies war *unser* Nachmittag, und der Rest der Familie verstand das; niemand fragte, ob er mitdürfe. Dies sollte Peters Hund werden und vielleicht – ja, vielleicht würde er Peters Leben ändern. Ihn zu uns zurückbringen. Wir hielten alle den Atem an (nicht wortwörtlich natürlich) und beteten inbrünstig darum, dass ein Hund vielleicht in der Lage sein würde, die Wunde tief drinnen in Peter zu erreichen, die kein Mensch hatte verbinden können – weder ich noch sein Vater, noch seine Schwestern, auch nicht der Familienberater, noch nicht einmal der gute Dr. Reuben, der unsere Familie seit über fünfzehn Jahren kannte und bei Peters Geburt dabei gewesen war.

Die Kopfschmerzen, die ich an jenem Mittwochnachmittag hatte, verdoppelten sich noch von dem ohrenbetäubenden Gekläffe, das uns begrüßte, als wir durch die schweren Eisentüren gingen und die langen Reihen der Drahtzwinger sahen. Es mussten wohl Hunderte von Hunden sein, Hunde jeder Größe und Rasse. Nun ja, *Rasse* – viele sahen nach reinen Promenadenmischungen aus.

Ich hatte Peter versprochen, sich seinen Hund alleine aussuchen zu dürfen. Ich trat also zur Seite und sah zu, wie mein zwölfjähriger Sohn geduldig an den Drahtkäfigen entlangging. Er ging langsam, sodass man sein Hinken fast nicht sah, und mit Bedacht, alles registrierend, wie das seine Art war. Die Hunde begrüßten ihn laut, aufgeregt, verzweifelt.

Peter war ein Systematiker. Ich wusste, dass man ihn nicht zur Eile treiben durfte. Ich setzte mich also auf eine Steinbank in der Nähe des Büros und wartete. So viel in einem Mutterleben ist ja Warten. Warten darauf, schwanger zu werden, Warten auf die Geburt und ob das Kind auch ganz gesund sei, dann das Warten darauf, dass es sich richtig entwickele, die richtigen Dinge zur rechten Zeit lerne und ein erwachsener Mensch werde. Und schließlich das Warten auf seine Heimkehr ... Aber jetzt eile ich den Ereignissen voraus.

Nach einer scheinbar stundenlangen Suche traf Peter seine Wahl. Es war der Hund mit den rotbraunen Augen und dem gleichfarbigen langen Fell, so weich, als ob es einer Perserkatze gehörte. Er befand sich im hintersten Zwinger. Einmal mehr hatte sich das Warten gelohnt.

Ich glaube, ein Blick, und Peter wusste, dass dies »sein« Hund war. Der Hund, ein Rüde, lag auf dem Boden, während ein Dutzend andere Hunde um ihn herumsprangen. Sie warfen sich gegen den Drahtzaun, sie kläfften und rannten und schnappten und wedelten, sie schrien (so Hunde denn schreien können) und bettelten, Peter möge sie bitte, bitte ansehen. Ein paar zeigten ihre Zähne, und Peter ging sofort weiter zum Ende des Zwingers, wo der rotbraune Hund lag und ein Bild des Jammers abgab.

Der Hund stand nicht auf. Er winselte Peter nur an und sein buschiger Schwanz schlug schüchtern auf den uringetränkten Zement. Seine Augen waren die sanftesten und rostfarbensten der Welt – so sanft wie Peters Augen. Da saßen die beiden, der Junge in der Hocke, ohne einen Gedanken an die anderen Hunde, seine Hand ausgestreckt, und der Hund machte seinen Hals lang und leckte durch den Draht Peters Hand.

Ich glaube, in diesem Augenblick wurden sie unzertrennlich.

»Ich möchte den hier, Mama«, flüsterte Peter rau. Er räusperte sich und wiederholte: »Den hier.«

Ich antwortete nicht sofort, denn mein erster Gedanke war, dass dieser Hund krank aussehe. Sehr sogar. Ich wollte nicht, dass Peter sich an ein Tier hängte, das in vier Wochen vielleicht schon tot sein würde. Ich wollte es meinem Sohn ersparen, so bald schon die nächste Enttäuschung zu erleben.

Aber ich glaubte an die Macht des Gebets und ich glaubte an meinen Sohn, und so biss ich mir auf die Zunge, grinste Peter zögernd an (was bei mir immer Ja bedeutete) und sagte nur: »Gut.«

Wir gingen ins Büro und sprachen mit der Dame. Als wir ihr sagten, was für einen Hund Peter wollte, sagte sie: »Das ist ein lieber Hund mit einem guten Charakter. Er ist noch nicht lange hier – ein, zwei Monate. Jemand hat ihn auf einem Parkplatz aufgegabelt; er muss wohl weggelaufen sein. So wie's aussah, hatte man ihn mit einem schweren Holzstück geschlagen. Armes Tier.«

»Hat er gelitten?«, fragte Peter. Peter sprach sonst nie mit Fremden.

»Ja.«

Damit war alles entschieden. Der Hund gehörte uns.

Die anderen Hunde bellten wie verrückt, als er den Zwinger verließ. Irgendwie schienen sie zu spüren, dass er der Auserwählte war. Ich fragte mich, ob Hunde eifersüchtig werden könnten.

Wir kauften auf der Stelle Halsband und Leine, und Peter legte dem Hund das Halsband um und führte ihn aus dem Zwinger. Jetzt, wo er stand, sah ich, dass der Hund zwar dürr, aber nicht klein war. Er war mehr als mittelgroß, so wie ein Setter. Wie war das noch gewesen – hatten wir nicht einen kleinen, kurzhaarigen Hund gewollt?

Kaum war der so demütig aussehende Hund (knapp

ein Jahr sei er alt, hieß es) aus dem Zwinger, als er anfing, zu bellen und wie wild an der Leine zu ziehen. Schwach und krank oder nicht, dieser Hund wusste, was er wollte.

Peter hob ihn umständlich hoch und hievte ihn auf den Rücksitz unseres Autos. Fast hätte ich gesagt: »Pass auf, dass er dich nicht beißt.« Aber ich tat es nicht und der Hund biss Peter nicht, sondern zitterte wie Espenlaub, als Peter sich neben ihn setzte und wieder und wieder sagte: »Ist ja gut ... ist ja gut ...« Ich schaute oft nach hinten während der Fahrt nach Hause. Zweimal pinkelte der Hund auf die Rücksitzbank, aber ich sagte kein Wort, denn noch bevor wir zu Hause waren, lag der Hund friedlich da, sein Kopf auf Peters Schoß, und mein Sohn sah aus, als habe er zum ersten Mal im Leben einen richtigen Freund gefunden. Sein Traum war wahr geworden; er hatte einen Hund, der ihn brauchte.

Kapitel 3

Der erste Mensch, dem ich je begegnet bin, war eine Frau (Frauen klingen und riechen anders als Männer). Sie war diejenige, die meine Mutter fütterte und uns sechs Welpen zuschaute, während wir gierig bei ihr tranken. Ich weiß noch, wie ich den Menschengeruch roch und mich fragte, was das sei. Ich hatte keine Angst, ich war nur neugierig. So sind Welpen. Ich wusste noch nicht, was Angst ist, ich hatte den Bösen Mann noch nicht kennengelernt.

Mutter leckte uns pausenlos; so zeigte sie ihre Liebe. Meine Mutter war eine schöne Hündin, ein Spaniel, wie die Menschen das nennen. Sie hatte ein feines, langes Maul und kluge Augen, und ihr mit rostfarbenen Flecken übersätes Fell verriet den reinrassigen Hund. Sie war nicht sehr groß, nach dem Maß der Menschen vielleicht eineinhalb Fuß hoch. Sie war eine Hündin mit Stammbaum, aber das wusste ich damals nicht.

Ich wusste auch nicht, dass dieser Wurf von sechs Welpen eine Riesenenttäuschung für die Menschen war. Wir waren ein »Unfall«: Mischlinge. Offenbar war meine Mutter ausgebüchst – wie öfters, wenn sie läufig war –, und so hatte sie sich nicht mit einem der männlichen Starspaniels aus unserer Gegend gepaart, sondern mit dem Playboy aus der Nachbarschaft, einer groß gewachsenen Mischung aus Irish Setter, Golden Retriever und diversen anderen Rassen.

Das Ergebnis dieser Affäre waren also wir: sechs dürre Welpen – zwei kurzfellig und gefleckt wie meine Mutter, zwei mit kurzem Fell und bräunlich (sie sahen keinem der beiden Eltern ähnlich), einer weiß und spanielartig und schließlich ich, der Rotbraune, der seinem Vater am ähnlichsten sah. Obwohl Mischling und Playboy, galt mein Vater bei den Menschen als einer der schönsten Hunde, die es gab.

Eine Weile bestand mein Leben aus Fressen und den Geschwistern und mehr Fressen und Umhertollen und den strengen Blicken des Mannes und der Frau, die uns fütterten und von uns sehr enttäuscht zu sein schienen. Ich verstand das damals nicht, aber Jahre später lernte ich von anderen Hunden und vom Leben, dass wir nicht viel Geld wert waren (Geld schien bei den Menschen etwas sehr Wichtiges zu sein) und dass der Böse Mann und die Schwache Frau uns so schnell wie möglich loswerden wollten.

Zwei meiner Brüder verließen uns schon sehr bald. Eine Menschenfamilie kam und schaute sich uns an, und das kleine Mädchen und der kleine Junge streichelten uns und lachten und wählten schließlich meine braunen Brüder. Meine Mutter, mein anderer Bruder, meine Schwestern und ich wussten nicht, was hier vorging. Eine kleine Menschenhand, die dem Jungen gehörte, hob die beiden einfach auf und trug sie in ein sehr merkwürdiges Ding, das der Fortbewegung diente.

(Die Menschen benutzen ihre Beine nur dann, wenn es nicht anders geht.) Dann waren sie weg und wir haben meine Brüder nie wiedergesehen.

Es kamen noch ein paar andere Leute und inspizierten uns, aber sie nahmen keinen von uns mit. Wir hatten nichts dagegen, bei unserer Mutter zu bleiben, aber die Schwache Frau schien bedrückt zu sein. Der Kleine Junge (er gehörte zu der Schwachen Frau und dem Bösen Mann) mochte mich am meisten. Den Menschen ist es sehr wichtig, wie ein Hund aussieht, und der Junge fand mich *schön*. Abends, bevor er auf sein Zimmer ging, schmuste er mit mir und ich freute mich und leckte seine Hand, so wie Mutter mich leckte.

Manchmal kam der Böse Mann in die Garage, wo ich mit meiner Mutter und den Geschwistern wohnte. Der Böse Mann war groß und schwer und roch immer so komisch, anders als die anderen Menschen. Er roch nach einer bestimmten Flüssigkeit, die oft in Flaschen oder Dosen im Haus herumlag. Er hatte gemeine Augen und wir Welpen wussten, dass der Kleine Junge Angst vor ihm hatte.

Hunde können Angst riechen. Ich roch sie bei dem Kleinen Jungen und der Schwachen Frau.

Der Kleine Junge und die Schwache Frau gingen jeden Morgen fort und kamen erst wieder, wenn die Sonne sehr hoch am Himmel stand. Der Böse Mann blieb zu Hause und lag auf dem Sofa, umgeben von seinen Flaschen und Dosen.

Eines Tages – es war der Schreckliche Tag – kam er in die Garage und packte meinen Bruder und die Schwestern und warf sie in einen großen Sack. Sie fingen an zu heulen und zu bellen und er schrie sie an. Dann ging er zur Tür hinaus, meine Mutter hinter ihm her. Sie mochte den Bösen Mann nicht und hatte Angst vor ihm. Wir hatten alle Angst vor ihm. Einmal hatte er meine Mutter getreten.

Er ging immer weiter fort und meine Mutter rannte hinterher und bellte wie verrückt und sprang zu dem Sack mit meinem Bruder und meinen Schwestern hoch, den er sich über die Schulter geworfen hatte. Schließlich setzte er den Sack ab – fast schmiss er ihn auf den Boden – und drehte sich zu meiner Mutter um. Sie zog sich zurück, kläffte und zeigte ihre Zähne (das hatte sie noch nie gemacht). Er nahm einen Stock, schwang ihn ein paarmal hin und her und schlug sie heftig auf ihr Hinterteil, dass sie laut aufjaulte und hinfiel. Dann packte er sie am Nacken, schleifte sie zurück in die Garage und verschloss die Tür. Wenn ich nachts träume, kann ich ihr verzweifeltes Jaulen manchmal noch heute hören.

Ich war zum Sack gerannt und zerrte und riss an ihm, um meinen Bruder und meine Schwestern zu befreien. Der Böse Mann kam zurück und holte mit seinem Stock aus. Ich rettete mich unter einen Stapel Holz hinter dem Haus und er ließ mich in Ruhe.

Aber ich folgte ihm heimlich, als er den Sack hinunter zum Fluss trug. Dort öffnete er ihn und ich dachte, er würde meinen Bruder und meine Schwestern herausholen und trinken lassen, aber das tat er nicht. Stattdessen fing er an, viele Steine in den Sack zu tun. Große Steine. Ich hörte, wie meine Geschwister jaulten. Dann band er den Sack fest zu und warf ihn mit aller Kraft ins Wasser. Ich hörte ein Klatschen und Jaulen und dann nichts mehr. Nichts.

Und ich wusste: Meine Geschwister waren nicht mehr. Der Böse Mann hatte sie getötet. Mutter hatte uns eingeschärft, uns vor dem Fluss in Acht zu nehmen. »Der Fluss ist gefährlich«, hatte sie gesagt. Jetzt wusste ich, warum.

Später, als der Kleine Junge und die Schwache Frau nach Hause kamen, ließen sie meine Mutter aus der Garage heraus und ich legte mich neben sie. Der Kleine Junge und die Schwache Frau weinten, als sie sahen, dass die Welpen weg waren. Wenn die Menschen zeigen wollen, wie traurig sie sind, kommt Wasser aus ihren Augen.

Aus meinen Augen oder denen meiner Mutter kam kein Wasser, aber meine arme Mutter wollte tagelang nichts fressen, bis die Schwache Frau sie auf ihren Schoß nahm und streichelte und mit ihren eigenen Händen fütterte.

Ich trank immer noch bei meiner Mutter, aber ich war ständig in Alarmbereitschaft, Ohren und Nase gespitzt. Wann würde der Böse Mann wiederkommen? Ich hatte mehrere Verstecke, in die ich rannte, wenn er kam, aber nach dem Schrecklichen Tag fühlte ich mich nie mehr wirklich sicher, vor allem, wenn große Männer in der Nähe waren.

Kapitel 4

Die Schwache Frau und der Kleine Junge waren nett zu mir. Der Junge war noch zu klein, um auf mich aufzupassen, obwohl ich versuchte, auf ihn aufzupassen. Die Frau fütterte mich, und Mutter und brachte mir ein paar sehr wichtige Dinge bei, vor allem, wo ich mein Pipi machen durfte – auf gar keinen Fall im Haus! Ich kaute alles, was ich kriegen konnte; meine Zähne taten oft weh und das Kauen tat ihnen gut. Aber ich lernte, dass die Menschen es gar nicht mögen, wenn Hundewelpen in alles reinbeißen. Es gab vieles, was sie nicht mochten. Es genügte, dass ich einen Schuh zerbiss oder eine Vase umschmiss oder ein Stück Brot von einem Teller stibitzte, der niedrig genug für mich war, und sie wurden plötzlich wütend und schrien immer wieder dasselbe.

Ich wurde immer größer und verbrachte meine Tage damit, mit meiner Mutter zu balgen, Bälle zu jagen und Fliegen zu fangen – Fliegen schmecken köstlich! Der Kleine Junge spielte nicht oft mit mir. Er hatte andere Sachen, mit denen er spielte – Sachen, die nicht zappelten oder bellten oder sprangen oder Bälle holten, Dinge, die das taten, was er wollte.

Trotzdem hielt ich diesen Menschen die Treue. Ich versuchte das sogar bei dem Bösen Mann. Wenn sie zu Hause war, blieb ich an der Seite der Frau und versuchte, sie und den Jungen zu beschützen, vor allem dann, wenn der Böse Mann laut und gemein wurde. Der Böse Mann mochte mich überhaupt nicht. Er wurde jedes Mal wütend, wenn ich ihn anbellte, aber ich musste doch die Schwache Frau und den Kleinen Jungen warnen, wenn er wieder so komisch roch – nicht nach Essen, sondern nach etwas, was schärfer roch. Wenn er danach roch, war er richtig fies.

Dann kam der Schlimmste Tag von Allen, als er meine Mutter attackierte. Er war allein mit uns beiden, trank sein stinkendes Zeug und schrie Mutter an, weil sie ihm im Weg war, als er durchs Haus torkelte. Er trat Mutter. Sie bekam Angst und zeigte ihre Zähne und bellte, damit er sie in Ruhe ließe. Stattdessen nahm er einen großen Besenstiel und ging direkt auf sie zu; seine Augen blitzten böse. Ich sauste dazwischen, sprang ihn an und packte seine Beine. Ich wollte ihn nicht richtig beißen, nur warnen; er sollte meine Mutter in Ruhe lassen. Er schlug mich mit dem Besenstiel, der auf meinem Kopf zerbrach. Ich ging heulend zu Boden. Er schlug mich wieder. Mutter sprang ihn an und er ging auf sie los. Ich rappelte mich auf, sprang hoch und biss den Bösen Mann in den Arm. Er schrie vor Schmerz und dann guckte er wütender als je zuvor. Mutter jaulte mir zu wegzugehen; der Böse Mann würde ihr schon nichts tun, sie war einen Haufen Geld wert. Er schlug mich wieder mit dem Besenstiel, dass ich dachte, mein Rücken sei gebrochen. Ich kroch nach draußen und versteckte mich.

Mutter fand mich schließlich und sie winselte, als sie mich ableckte.

Als die Schwache Frau und der Kleine Junge nach Hause kamen, packten sie mich ins Auto und fuhren mit mir weit weg. Auf einem großen Parkplatz schubsten sie mich aus dem Auto. Dann tätschelte die Frau mir kurz den Rücken; aus ihren Augen lief Wasser. Dann knallte sie die Tür zu und fuhr weg. Ich habe den Bösen Mann oder die Schwache Frau oder den Kleinen Jungen nie mehr gesehen, auch meine Mutter nicht mehr.

Ich dachte, ich müsse sterben an dem Schlimmsten Tag von Allen. Ich legte mich neben einem Haus hin und versuchte, meine Wunden zu lecken. Ich vermisste Mutter. Ich jaulte nach ihr, aber sie kam nicht. Schließlich schlief ich ein.

Am nächsten Tag verbrachte ich viel Zeit damit, Essbares zu erschnüffeln und nach Wasser zu suchen. Ich versuchte auch, Autos und Menschen aus dem Weg zu gehen. Ich hatte Angst davor, zu weit wegzugehen. Bestimmt würden der Kleine Junge und die Schwache Frau es sich anders überlegen und mich zurückholen. Ich wartete und wartete, aber sie kamen nicht. Ein Auto hupte mich an und der Mensch drinnen schrie etwas. Ich hinkte davon und fand schließlich ein paar Mülltonnen, die nach Essen rochen. Ich stieß eine von ihnen um und wühlte mich durch die Gerüche hindurch – vergammeltes Essen, durchweichte Pappe, ein paar harte Brotstücke und leere Dosen und Schachteln, die noch nach Fleisch rochen.

Als ich an den Schachteln leckte, kam eine Freundliche Frau, lockte mich mit etwas Futter in ihr Auto und fuhr mich zu dem Zwinger.

Kapitel 5

Der Zwinger gefiel mir nicht. Ich war gefangen. Bei dem Bösen Mann konnte ich wenigstens mit Mutter im Wald herumlaufen und Kaninchen und Eichhörnchen und die Erde und den frischen Regen und das Gras riechen. Im Zwinger gab es nur die Gerüche der anderen Hunde – alles Rüden, und die meisten gemein – und hin und wieder einen Hauch von einer Hündin oder einem Menschen. Das ständige Gekläffe der anderen Hunde ging mir auf die Nerven. Ich musste dauernd aufpassen und beim Fressen schnell sein. Das Futter war einfach und ranzig, aber ich lernte bald, es in vier, fünf Bissen hinunterzuschlingen. Wenn ich zwischendurch auch nur Luft holte, kam schon ein anderer Hund, knurrte mich an und nahm mir das Futter weg.

Ich lernte schnell, dass ich der Unterste in der Hackordnung war. Das bedeutete, dass ich mich schützen musste. Ich fletschte die Zähne, wie Mutter es gemacht hatte, wenn der Böse Mann seine Tour bekam, und wenn einer der anderen Hunde in meine Nähe kam, knurrte ich. Ich lernte auch, still zu liegen und so zu tun, als ob die anderen nicht da wären, und dann ließen sie mich manchmal in Ruhe.

Der Leithund war ganz schwarz und stark. Er bellte uns dauernd an und kommandierte uns herum. Was konnten wir anderes machen, als hin- und herzulaufen in dem langen Drahtkäfig, zu bellen und zu hoffen, dass irgendein Mensch kommen würde?

Mein einziger Freund in dem Zwinger war Gus. Wir beide beschützten einander. Er war ein kleiner, aber muskulöser brauner Mischling mit dem Kopf eines Boxers und dem Leib einer Bulldogge; er sah richtig gefährlich aus. Er erklärte mir, wie das sei mit dem Tierheim: Wir würden bis zum Sankt-Nimmerleins-Tag dort bleiben, falls nicht das Wunder geschehen und irgendein Mensch kommen und uns mitnehmen würde, um uns ein »Zuhause« zu geben, wie das genannt werde. Gus sagte, dass ein Hund, der ein Zuhause bekomme, meist für immer fortbleibe. Aber hin und wieder kam ein Hund zurück und dann hörten wir Geschichten von großen Gärten und jeder Menge Futter und Bällen und streichelnden Kindern. Wenn wir es wagten, unsere Augen zu schließen, dann träumten wir alle davon, auch so ein »Zuhause« bei den Menschen zu bekommen.

Als ich in den Zwinger kam, hatte ich den Eindruck, dort sicher zu sein. Hier gab es keine Menschen, die mir wehtun wollten. Die Leute, die an diesem Ort mit den vielen Zwingern arbeiteten, schienen uns Tiere – die Welpen und die Hunde, die Kätzchen und die Katzen – zu mögen. Sie gaben uns jeden Tag unser Futter und spritzten Wasser auf den Boden, um unsere Hinterlassenschaften wegzuspülen. Sie waren freundlich, aber überarbeitet. Wir waren ja so viele – Hunde und Katzen in allen Größen und Ausführungen –, und alle wollten wir, dass man sich um uns kümmerte. Und dass wir auch ein »Zuhause« bekämen.

Ich hatte keine Angst vor den Menschen. Ich hatte Angst vor den anderen Hunden, vor denen, die ihre Zähne bleckten und bissen und bellten. Die einen waren laut, die anderen ruhiger, aber wir alle wurden gehässig und kämpften um unser Futter, ja um unser Leben. Ich wurde bald so wie die anderen Hunde, sonst hätte ich nicht lange überlebt im Zwinger.

Ich dachte, ich würde nie aus dem Zwinger hinauskommen. Er wurde meine Welt mit seinem Zementfußboden und den hohen Drahtzäunen. Ich war dauernd auf der Hut, ständig nervös und bereit, mich zu schützen. Aber das schaffte ich nicht besonders gut und es kam, wie es kommen musste: Ich wurde krank. Ich bekam Husten, und einige der Wunden von dem Bösen Mann brauchten lange, um zu verheilen. Ich wurde schwächer im Zwinger. Wir alle wussten: Wenn einer zu lange hierblieb, besonders wenn er krank war, bekam er womöglich die »Spritze«, und die Spritze, das war keine Zukunft, kein Zuhause, sondern das Ende.

Es war wieder Gus, der mir das mit der Spritze erklärte. Als er einmal wegen seiner Würmer behandelt wurde, hatte er mitbekommen, wie im Zimmer nebenan einer der anderen Hunde die Spritze bekam. Er sagte, dass der Tierarzt den Hund auf einen langen Tisch aus Metall gelegt und festgehalten habe und dann einen länglichen, mit irgendeiner Flüssigkeit gefüllten Behälter mit einer Nadel genommen und dem Hund die Nadel ins Fell gedrückt habe. Der Hund hatte noch einmal mit den Beinen gezuckt und sich dann nicht mehr bewegt. Tot.

Aber ich bekam die Spritze nicht. Stattdessen kam Mein Junge und hockte sich vor mir hin und sah mich an und ich bekam mein Zuhause.

Kapitel 6

Peter nannte den Hund »Sunset« (»Sonnenuntergang«) oder kurz »Sunny« wegen des tiefen Rotorange seines Fells, das an das Flammenspiel der untergehenden Sonne erinnerte. Er war eine Promenadenmischung, aber eine schöne, eine Kreuzung aus Spaniel, Irish Setter und Golden Retriever. Er war ein richtiger Herzenseroberer und unsere eroberte er gleich am ersten Tag.

Als Peter ihn ins Haus brachte – halb zog er ihn, halb trug er ihn –, wartete der ganze Rest der Familie. Die Ohren des Hundes lagen flach an seinem Kopf und der Schwanz war so weit eingezogen, dass es aussah, als habe er keinen. Im Flur rutschte er auf den Fliesen aus und pinkelte prompt wieder.

Unsere Töchter kamen als Erste in den Flur. Fran, die damals vierzehn war, ging sofort neben Peter auf die Knie und umarmte den Hund. Er akzeptierte sie sofort mit einem unsicheren Schwanzwedeln und einem Lecken über ihr Gesicht. Cara, die mit ihren siebzehn Jahren distanzierter war, begann zu grinsen und sagte: »Mann, ist der schön! Mager wie ein Gerippe, aber süß!« Und sie kniete sich ebenfalls hin und streichelte ihn. Ich holte meine Kamera hervor. Ich habe das Bild immer noch: wie Sunny dort auf dem Boden liegt, umgeben von Fran, Cara und Peter, und plötzlich sooo zufrieden aussieht.

Aber als Hudson, mein Mann, in den Flur kam, sprang Sunny unvermittelt auf und begann zu zittern und sich bellend zurückzuziehen. Der Hund schien eine Mordsangst zu haben.

Hudson ist mit seinen bald ein Meter neunzig ein großer, stämmiger Mann. Er hielt dem Hund seine große Hand hin und begann, leise auf ihn einzureden. »Ist schon gut, Kumpel. Ich tu dir nichts.«

Aber Sunny bellte noch heftiger. Seine Vorderbeine waren gegen den Fußboden gegrätscht, der Kopf tief unten, die Nase argwöhnisch schnuppernd. Er rutschte noch weiter zurück, bis er förmlich an Peters Knie klebte, den buschigen orangeroten Schwanz zwischen den Beinen.

Peter, der immer noch auf dem Fußboden kniete, drückte seinen Hund an sich, streichelte ihn und murmelte mit seiner Stimmbruchstimme: »Ist gut, Junge. Das ist Papa, der tut dir nichts.«

Jetzt kniete auch Hudson sich hin und streckte seine Hand aus. Wir lernten bald, dass dies die einzige Methode war, wie ein größerer Mann sich Sunny nähern konnte: in der Hocke und auf Augenhöhe. Sunny machte einen vorsichtigen Schritt nach vorne, den Schwanz immer noch eingezogen. Dann machte er seinen Hals so lang, wie es ging, ohne noch näher zu kommen, bis schließlich seine Nase Hudsons Hand berührte. Seine Augen gingen hin und her und auf und ab, wie wenn er mit allen seinen Sinnen prüfte, ob er diesem Mann vertrauen könne.

Peter sah besorgt aus. »Mama, weißt du noch, was die Dame vom Tierschutzverein gesagt hat? Er ist geschlagen worden. Vielleicht hat er deshalb solche Angst.«

Ich nickte. »Wir müssen ihm eben ein bisschen mehr Zeit geben.«

Zehn Minuten später leckte Sunny Hudsons Hand und mein Mann schüttelte den Kopf und sagte: »Schatz, da habt ihr euch echt 'ne Nummer ausgesucht. Einen abgemagerten, langhaarigen, neurotischen Hund. Das war das letzte Mal, dass ich euch beide allein zum Tierschutzverein gelassen hab.« Aber später habe ich mich manchmal gefragt, ob Hudson nicht derjenige von uns war, der den Hund am allermeisten liebte.

Kapitel 7

Mein Zuhause war nicht so wie das Haus von der Schwachen Frau, dem Kleinen Jungen und dem Bösen Mann. Ich merkte deutlich, dass die Menschen in meinem Zuhause mich wirklich wollten, selbst der Sehr Große Mann, der mir solche Angst gemacht hatte, bis er sich hinhockte, damit ich seine Augen sehen und seinen Atem riechen konnte. Er war nicht so wie der Böse Mann. Ich merkte bald, dass er sogar ein sehr Guter Mann war, und ich liebte ihn schließlich genauso wie Meinen Jungen und die Gute Frau und das Alberne Mädchen und die Temperamentvolle Teenagerin. Ich war in ein Haus gekommen, das voll von Menschen war, die es brauchten, dass ich sie liebte und beschützte.

Ja, »aufgeregt« ist ein zu schwaches Wort dafür, wie ich mich fühlte. Erst der Böse Mann und der Schreckliche Tag und der Schlimmste Tag von Allen, dann der Käfig – und jetzt mein Zuhause! Ich war gerettet und hatte einen Jungen zum Liebhaben bekommen. Und wie ich ihn liebte! Ihm verdankte ich alles. Er hatte mich ausgesucht! Ihm, Meinem Jungen, wollte ich nun mein Leben lang überallhin folgen.

Wie wir zusammen spielten! Er warf gerne Tennisbälle hoch in die Luft und ich versuchte, sie zu fangen, bevor sie auf den Boden fielen. Wenn ich dann den Ball im Maul hatte, raste ich davon, Mein Junge hinter mir her, bis wir irgendwann beide im süß duftenden Gras lagen, auf dem Rücken die Hitze eines Herbsttages, beide außer Atem und glücklich, zusammen zu sein, einfach so.

Ich prägte mir alles an Meinem Jungen ein: seine Augen, seinen Geruch, seinen etwas schiefen Gang – auch er musste wohl irgendwann misshandelt worden sein – und seine Berührung. Der schönste Augenblick am Tag war der Morgen, wenn er mit verschlafenen Augen die Treppe herunterkam. Dann sah er mich, ich hob den Kopf und wedelte mit dem Schwanz und legte mich auf den Rücken und dann massierte Mein Junge mit dem nackten Fuß meinen Bauch. Und ich fragte mich, ob es noch einen Hund auf der Welt gebe, der so glücklich und dankbar war wie ich.

Kapitel 8

Was mir an jenem ersten Tag auffiel, war, wie anhänglich Sunny von der ersten Minute an war, wie er uns vertraute, uns in jedes Zimmer folgte und damit zufrieden zu sein schien, dass wir in der Nähe waren. Er drückte mit seinem ganzen Körper aus, wie dankbar er war. Er verschlang sein Futter und schlabberte sein Wasser mit wahrer Begeisterung und dann legte er sich satt und zufrieden in den Schatten.

Er hatte allen Grund, dankbar zu sein; er war der Hölle entronnen. Jemand hatte ihn gewollt, hatte beschlossen, ihm ein richtiges Zuhause zu geben, einen Ort, wo er nicht länger ein einsames Waisenkind war, das sich vergeblich nach Liebe sehnte. Wir hatten ihn adoptiert und damit war alles anders geworden. Ich glaube, unsere Familie war für ihn »Liebe auf das erste Schnuppern«. Seine Anhänglichkeit kannte keine Grenzen; manchmal war es mir regelrecht lästig, wie er den ganzen Tag an meinen Fersen hing.

Aber meistens war ich einfach dankbar, dass wir diesen rotbraunen Mischling in unserem Haus hatten.

Egal, wer ihn mitnahm, er liebte Spaziergänge. Kein Wunder; es muss der Himmel für ihn gewesen sein nach dem Zwinger. Da wir ein kleines Haus mit einem noch kleineren Garten hatten, waren die Spaziergänge ein absolutes Muss. Wobei »Spaziergang« eigentlich nicht der richtige Ausdruck ist; »Spazierrennen« oder »-ziehen« wäre genauer.

Als Peter Sunny das erste Mal ausführte, war er ganz stolz, als er ihn an die Leine nahm. Aber kaum hatte er die Haustür geöffnet, schoss Sunny wie ein geölter Blitz hinaus in den Vorgarten und weiter auf die Straße, während Peter an der Leine riss und »Sunny, Fuß!« rief, was den Hund absolut nicht beeindruckte. Es hatte mir auf der Zunge gelegen, Peter zu warnen, aber ich unterließ es und musste jetzt unwillkürlich lachen, als ich sah, wie mein Sohn mit der einen Hand seine auf den Hüften hängende Jeans hochzog, während er mit der anderen die Leine festhielt. Dann verschwanden beide um die Ecke.

Zwanzig Minuten später kam Peter zurück, das Gesicht gerötet, in seiner Jeans in Kniehöhe ein Loch und am Ellbogen getrocknetes Blut. Sein Hinken war stärker als sonst. »Sunny ist nicht besonders gehorsam«, berichtete er. Dann begann er unvermittelt zu grinsen. »Alle zwei Sekunden ist er an einem Strauch nach dem andern stehen geblieben, um zu pinkeln, und dann hat er mich weitergezogen. Einmal, als wir über die Straße sind, ist uns ein anderer angeleinter Hund begegnet und Sunny hat mir die Leine aus der Hand gerissen und ist auf ihn los und die beiden haben gekämpft.«

»Du meine Güte!« Ich war noch nie gut darin gewesen, in allen Lebenslagen gelassen zu bleiben.

»Es war voll cool, Mama. Als Sunny den anderen Hund angesprungen hat, bin ich ausgerutscht und hingefallen. Aber ich bin gleich wieder hoch und dann musste ich Sunny von dem anderen Hund wegziehen und aufpassen, dass ich nicht gebissen würde, und als ich ihn endlich weggezogen hatte, dachte ich, die Halterin von dem anderen Hund bringt mich gleich um. Ich hab ihr gesagt, dass ich meinen Hund gerade aus dem Tierheim geholt habe und dass mir die Sache furchtbar leidtut.

Aber sie hat mich gar nicht angeschrien, Mama. Sie hat ihr Hündchen hochgehoben und gesagt: ›Junger Mann, dein Hund ist etwas sehr dominant. Vielleicht solltest du mal mit ihm in die Hundeschule gehen.‹«

Peter hatte inzwischen Sunnys Leine abgemacht und die beiden saßen einträchtig auf dem Küchenfußboden. Peter verschlang gerade das dritte Plätzchen, während er den Hund ebenfalls mit Plätzchen fütterte. »Ist das nicht echt cool? Darf ich, Mama?«

»Was sollst du dürfen?«

»Mit Sunny in die Hundeschule gehen.«

Es dauerte eine ganze Weile, bis ich antwortete. Das hier, es war ein Wunder. Mein Sohn, der keinen Sport treiben konnte und bei der kleinsten Verletzung weinte, hatte seinen blutigen Ellbogen ganz vergessen und lächelte stattdessen. Er hatte mit einer wildfremden Person auf der Straße gesprochen und jetzt klang er richtig begeistert. Das letzte Mal, dass ich ihn so begeistert erlebt hatte, war vor ungefähr drei Jahren gewesen, als Hudson ihm versprochen hatte, ihm das neueste Lego-Modell zu kaufen, wenn er den Rasen mähte.

Hudson hatte recht – der Hund war eine Nummer für sich. Er war ein Gottesgeschenk für unsere Familie, eine originelle Gebetserhörung eines gütigen Gottes, der das Rufen einer Mutter, die in Angst um ihren Sohn war, gehört hatte.

Kapitel 9

Sunny kam in einem turbulenten Abschnitt unseres Lebens zu uns. Ich arbeitete Teilzeit in der Stadtbücherei und machte so endlich etwas aus meinem Mastergrad in Bibliothekswissenschaft, den ich vor Frans Geburt erworben hatte. Hudsons Firma war auf dem aufsteigenden Ast, was zur Folge hatte, dass er ständig unterwegs war. Unsere siebzehnjährige Cara hatte zum Glück durch Babysitten und einen Sommerjob bei McDonald's genügend Geld zusammengespart, um ihr Auto mitfinanzieren zu können. Wir hatten uns darauf geeinigt, dass sie die Hälfte des Kaufpreises bezahlte plus Versicherung und Benzin. Sie würde auch mithelfen, Fran zu ihren zahlreichen Verpflichtungen und Peter zu seinen Klavierstunden zu fahren. Sie tat dies nur widerwillig und wir beide hatten in unserer Beziehung einen Punkt erreicht, wo sie jedes Wort, das ich sagte, als Vorwurf deutete. Ich versuchte, ruhig zu bleiben, aber ich hatte doch das Gefühl, dass Cara ein Vulkan kurz vor dem Ausbruch war. In den Monaten, bevor Sunny in unser Haus kam, hatte sie sich immer mehr in ihr Schneckenhaus zurückgezogen. Ich schätze, dass das allmählich kam, aber ich war so mit Peter und seinen Problemen beschäftigt, dass ich bei Cara rein nichts merkte, bis ich eines Tages aufwachte und feststellte, dass mein fröhliches und hilfsbereites Mädchen sich in eine Hexe verwandelt hatte.

Mehrere Monate lang versuchte ich, meine Tochter wieder in das liebe Mädchen von einst zu verwandeln, aber das klappte natürlich nicht. Sie war zu alt, um einfach auf ihr Zimmer geschickt zu werden, blieb abends so lange aus, wie sie wollte, und wurde zum Hauptthema meiner abendlichen Gespräche mit Hudson, wenn er mich aus irgendeinem Hotel im Nordosten oder Mittleren Westen der USA anrief. Dass durch seine Geschäftsreisen ich die Last der Kindererziehung überwiegend allein zu tragen hatte, begann mir auf den Nerv zu gehen.

Fran war nach wie vor ein liebes Mädchen, das mir in Küche und Waschküche meistens zur Hand ging, aber der kleine Sonnenschein verwandelte sich zusehends in eine Königin mit Hofstaat, mit der ich nicht mithalten konnte. Sie kam abends pünktlich nach Hause, machte ihre Hausaufgaben und begrüßte mich morgens immer mit einem Kuss und einem freundlichen »Hallo, Mama!«, aber innen drin bohrte in mir die Angst, dass ich auch sie verlieren könnte – dass sie eines Tages aufwachen und feststellen würde, dass ich ihre Feindin sei.

Das mit Peter habe ich schon erwähnt.

Sunny kam zu uns, als das Letzte, was ich brauchte, noch ein Esser im Haus war, noch jemand, um den ich mich kümmern und mit dem ich mithalten musste. Ich hatte keinen Bedarf an einem Hund, der morgens, nachmittags und abends ausgeführt werden musste. Peter liebte seinen Hund heiß und innig, aber das Gassigehen blieb oft an mir hängen – ein Punkt mehr in meinem bereits überfüllten Stundenplan.

Dennoch, Sunny brachte uns viel Freude in jenen ersten Wochen. Jedes Mal, wenn ich Peter sah, wie er neben seinem Hund auf dem Fußboden saß und alles um sich herum vergaß, kamen mir die Tränen in die Augen.

Aber zugleich vermehrte Sunny auch meine Sorgen und Nöte. Manchmal erwischte ich mich dabei, wie ich innerlich aufzählte, was er in nur fünf Wochen alles angestellt hatte. Er hatte mich zum Beispiel gebissen, sodass eine Tetanusspritze nötig geworden war. Gut, er hatte es nicht absichtlich getan; mein Bein war im Weg gewesen, als er beim Gassigehen auf einen anderen Hund losgegangen war. Ein anderes Mal stolperte ich über ihn und fiel so heftig auf den Hintern, dass ich dachte, mein Steißbein sei gebrochen; wochenlang konnte ich mich nur ganz vorsichtig hinsetzen. Er zerbiss meine nagelneuen Gartenhandschuhe, die Gießkanne, den Gartenschlauch, ein, zwei Plastikstühle und Peters Baseballmütze. Im schönsten Berufsverkehr rannte er aus dem Park auf die Hauptstraße, ich panisch hinterher. Als ich die Haustür öffnete, um die Post hereinzuholen, sprang er hinaus und stürzte sich auf einen anderen Hund, der angeleint war und gerade auf dem Bürgersteig vorbeikam. Ich musste die beiden Hunde trennen, während die andere Hundehalterin, eine ältere Dame, entsetzt zusah; zum Glück war keiner der Hunde ernsthaft verletzt.

Ich musste also etliche Opfer bringen, um Sunny in diesen ersten Tagen und Wochen zu Hause willkommen zu heißen (brachte ich nicht schon genug Opfer für Hudson und die Kinder?) – Opfer an Zeit, an Geld, an zerbissenen Gegenständen, an Sorgen und körperlichen Schmerzen. Aber ich zahlte diesen Preis gerne für die Freude, die Sunny uns allen brachte – Hudson und mir und Cara und Fran und Peter. Besonders Peter. Wir alle wussten von jenem ersten Tag an, dass Sunny für immer bei uns bleiben würde.

Und doch – oft ließ ich in Gedanken Revue passieren, was er sich alles geleistet hatte, und klopfte mir selber auf die Schulter für meinen Einsatz und meine Opfer. Manchmal gab ich seine Streiche auch bei Freundinnen zum Besten, was uns dann jedes Mal etwas zum Lachen gab. Fast war mir, als ob durch seine kleinen Sünden offenbar würde, was für eine große, liebe Herrin ich war. Zum Glück konnte Sunny meine verqueren Gedanken nicht lesen.

Eines Tages, als ich gerade meine Wunden von Caras neuester Attacke auf mich leckte und der Lieblingsvase nachtrauerte, die Sunnys buschiger Schwanz vom Couchtisch auf den Fußboden gefegt hatte, wo sie in tausend Stücke zerbrochen war, musste ich daran denken, wie gut es doch war, dass mein eigener, himmlischer Herr nicht so war wie ich. Seit über dreißig Jahren ging (oder stolperte) ich mit Gott, und wenn er alle Fehler aufgezählt hätte, die ich dabei gemacht hatte, die Liste hätte von hier bis zum Himmel (oder zur Hölle) gereicht. Aber Gott hielt mir meine Sünden nicht vor. Stattdessen forderte er mich auf, an sein Opfer am Kreuz und an seine Vergebung zu denken. Als ich darüber nachdachte, während ich die Porzellanscherben zusammenfegte, brach ich unversehens in Tränen aus. Müdigkeit? Prämenstruelles Syndrom? Vielleicht, aber ich glaube, es war eher Selbsterkenntnis.

Dieser Köter hatte mir eine Lektion erteilt! Ich setzte Kehrblech und Handfeger ab und ging Sunny suchen. Er hatte sich unter der Treppe versteckt, wie immer nach seinen »Unfällen«.

»Sunny, komm her!«, rief ich. Er sah mich mit seinen unschuldigen rostbraunen Augen an, sein Schwanz klopfte zögernd auf den Fußboden. Er hatte keine Lust hervorzukommen, um bestraft zu werden. Ich ging dort im Flur auf die Knie, streckte meine Hand aus und rief ihn wieder, schluchzend und mit zittriger Stimme. Er muss wohl gemerkt haben, dass etwas mit mir war. Er sprang auf, trabte zu mir, die Ohren aufgestellt, der gefährliche Schwanz wedelnd, und ließ sich neben mir nieder. Ich rieb seinen Bauch und sagte durch meine Tränen: »Ich vergebe dir, Sunny.«

Es war gut, dass ich allein war. Die Kinder hätten glatt gedacht, dass ich reif für die Klapsmühle sei. Aber ich glaube, Sunny verstand mich. Er lag auf dem Rücken, die Ohren wie kleine Fledermausflügel auf dem Fußboden, die Beine in der Luft. Er hatte meine volle Aufmerksamkeit.

Und ich hatte, als ich da neben dem Hund saß, das Gefühl, dass ich *Gottes* volle Aufmerksamkeit hatte und dass er mir sagen wollte: »Ich vergebe dir, Lanie. Ich liebe dich. Lass uns ein bisschen zusammen sein.«

Kapitel 10

Manchmal mussten wir Sunny für seine Missetaten bestrafen. Das Schlimmste daran – oder war es das Beste? – war seine Reaktion, wenn er merkte, dass er etwas angestellt hatte. Einmal zum Beispiel sprang Sunny auf die grüne Bank im Garten, auf der Peter seinen Baseballhandschuh kurz abgelegt hatte, während er einen Ball suchte, und packte den Handschuh mit seinem Maul. Als Peter Hund und Handschuh fand, hatte Sunny bereits den ersten Finger durchgebissen.

Peter schrie mit seiner Stimmbruchstimme: »Sunny! Was hast du da gemacht?« Ohne es zu merken, ahmte er meine Stimme nach, mit der ich ihn in seiner Kleinkindzeit ausgeschimpft hatte. Sunny sank in den Boden wie ein Luftballon, in den man mit einer Nadel gepikst hat. Seine Ohren fielen nach unten, sein Maul begann zu zittern, seine Augen schauten zur Seite und er begann von Peter wegzuschleichen, sich immer wieder kurz umschauend, ob ihn auch niemand sehe. Wir (die Mädchen und ich waren in den Garten gekommen, um die Szene zu beobachten) sahen ihn natürlich bestens, hielten uns die Hände vor den Mund und amüsierten uns köstlich über seinen kläglichen Versuch, seine Missetat zu verbergen.

Peter rief ihn mehrere Male. Sunny überhörte es geflissentlich und versuchte, sich hinter der Bank zu verstecken. Als Peter zu ihm kam, rollte er sich auf den Rücken, die Beine in der Luft, was nach dem Handbuch für Hundehalter ein Versuch war, sich gegen einen übermächtigen Gegner zu verteidigen. Hilflos so auf dem Rücken liegend, mit Angst in den Augen, wollte der Hund sagen: »Es tut mir leid. Bitte tu mir nichts.«

Peter schimpfte ihn halbherzig aus, während Cara, Fran und ich unser Lachen unterdrückten.

»Der ist so lustig«, sagte Cara, die ausnahmsweise gut gelaunt war. »Der denkt glatt, wenn er so tut, als wär er nicht da, merkt keiner, was er gemacht hat. Er ist ein kluger Hund, aber wenn er was ausgefressen hat, kann er echt dumm sein.«

Ich starrte meine Tochter an. Es lag mir auf der Zunge zu sagen: »Da hast du recht und ich kenn noch so jemand.« Aber dann fiel mir ein, dass ja nicht nur Cara so reagierte, wenn sie erwischt wurde. Machte ich es Gott gegenüber nicht oft genauso, wenn ich mich wie Sunny vor ihm verdrückte und die leise Stimme, die mir zurief zurückzukommen, ignorierte? Als ich dort in unserem Garten stand, gab ich vor mir – und vor Gott – zu, dass es mir sehr schwer fiel, meine Schuld einzugestehen und um Gottes Vergebung zu bitten. Lieber schmollte ich oder versuchte, mich herauszureden, und wenn es gar nicht anders ging, legte ich mich auf den Rücken und sagte allzu schnell und ohne wirkliche Reue: »Entschuldige, Gott! Bitte vergib mir«, in der Hoffnung, die Folgen nicht tragen zu müssen.

An jenem Tag erkannte ich, dass Sunny nicht der Einzige war, der Gehorsam lernen musste. Sunny sollte in die Hundeschule, jawohl. Aber auch ich brauchte Gottes Schule.

Kapitel 11

Eines schönen Herbstnachmittags, als die Blätter angefangen hatten, von den Bäumen zu fallen, und die Luft frisch war, fuhr die Gute Frau mit mir und Meinem Jungen hinaus aufs Land. Ich saß auf dem Rücksitz, die Nase aus dem Fenster gesteckt, und der Wind wehte Hunderte von Gerüchen herbei: Geißblatt, die letzten wilden Brombeeren (ich mag Brombeeren), vermodernde Blätter und frisch gemähtes Heu. Wir kamen zu einer Wiese, auf der schon andere Autos parkten. Weiter hinten stand ein Haus und rechts war ein langer Zaun. Ich sprang hoch, drückte meine Pfoten gegen das Fenster und wackelte vor Aufregung. Ich roch Hunde! Viele, viele Hunde, Rüden und Hündinnen, direkt vor meiner Nase. Ich bellte, um ihnen zu zeigen, dass ich da war. Ich konnte es nicht erwarten, aus dem Auto zu kommen und mein Territorium abzustecken.

Als Mein Junge die Tür aufmachte, sprang ich mit einem Satz hinaus, laut bellend und an der Leine ziehend, die an einer Art Kettenhalsband befestigt war. Wenn ich zu fest zog, drückte mir das Band schier den Hals ab, aber die Aussicht auf so viele andere Hunde war stärker und ich zog nur noch fester.

Das war ja der schönste Spielplatz der Welt! Hunde und Menschen und keine Zwinger, bloß breite Holzzäune, durch die jeder Hund durchkonnte, um loszurennen und Kaninchen und Vögel zu jagen. Das einzige Problem war, dass wir alle an der Leine bleiben mussten.

Mein Junge hielt das andere Ende meiner Leine fest, aber er hatte nicht damit gerechnet, dass ich so aufgeregt war. Ich sauste zum Zaun und bellte den anderen Hunden mein »Hallo!« zu. Es mochten wohl ein Dutzend sein, ein paar waren fast noch Welpen. Mehrere von ihnen bellten zurück, aber darauf zogen ihre Herrchen oder Frauchen fest an ihren Leinen und – kaum zu glauben – sie beruhigten sich sofort wieder. Wir trugen alle die gleiche Art Halsband; ein Ruck mit der Leine daran, und man überlegte es sich zweimal, ob man weiterbellen wollte.

Ich muss gestehen, dass ich zwar sehr aufgeregt war, aber auch große Angst hatte – nämlich vor den anderen Rüden. Sobald ich einen Rüden roch, kamen sofort die alten Erinnerungen an den Zwinger zurück und wie die anderen Hunde mich angesprungen und bedroht und nach mir geschnappt hatten. Ich schätze, ich machte den Menschen Angst, wenn ich mich mit gefletschten Zähnen und wütend bellend auf andere Hunde stürzte, aber das machte ich, um mich zu schützen; mich und Meine Menschen. Ich fand es schade, dass sie das nie recht zu verstehen schienen; ich meinte es doch nur gut.

Hinter dem Zaun war ein Starker Mann, der der Chef war und diesen Menschen und ihren Hunden einiges beibringen wollte. Er hatte langes Haar und war groß und stämmig, geradeso wie der Mann, vor dem ich solche Angst gehabt hatte. Mein Junge führte mich auf das

Gelände hinter dem Zaun. Ich begrüßte die anderen Hunde mit einem freudigen Jaulen. »Pst!«, machte Mein Junge und riss an der Leine; es nützte nichts.

Dann kam der Starke Mann zu uns und nahm die Leine in die Hand. Mein Junge stellte sich am Rand der umzäunten Wiese hin, wo schon die Gute Frau stand. Die beiden schauten zu, wie der Starke Mann mich herumführte.

Ich mochte den Mann überhaupt nicht! Jedes Mal, wenn er »Fuß!« rief – was mir überhaupt nichts sagte –, ruckte er so heftig an der Leine, dass es mich von den Füßen riss und ich in einem Bogen durch die Luft sauste, dass mir die Luft wegblieb. So etwas lässt sich kein Hund gerne gefallen. Ich jedenfalls nicht. Dieser Mann war nicht mein Herrchen, was bildete er sich ein? Wie konnte ich ihm zeigen, dass ich ihn nicht mochte? Nun, ich hob mein Bein und pinkelte ihm an die Jeans.

Er merkte das auch, aber anstatt mich loszulassen, riss er nur noch fester und brüllte andauernd sein »Fuß!«. Ich pinkelte ihn noch dreimal an, bevor ich endlich nachgab und gehorsam an seiner Seite lief. Es war wohl besser so, vor allem für meinen armen Hals. Sobald ich gehorchte, streichelte der Mann mich und sagte mehrere Male hintereinander: »Guter Hund.«

Da merkte ich, dass der Starke Mann auch ein guter Mann war, der einfach versuchte, mir etwas beizubringen. Ich war eigentlich jemand, der gut lernen konnte. Ich lernte sogar gerne von den Menschen. Ganz besonders mochte ich es, wenn sie mich lobten, wenn ich etwas richtig gemacht hatte. Hunde mögen es, wenn sie Menschen Freude machen.

Und so, um ihnen Freude zu machen, lernte ich, was die Menschen meinten, wenn sie solche Dinge sagten wie: »Fuß«, »Komm«, »Sitz«, »Platz«, »Aus« oder »Guter Hund«. Ich hörte es gerne, wenn sie »Guter Hund« sagten, denn das bedeutete meistens, dass ich etwas zu fressen bekam. Meine Menschen schien nicht zu merken, dass ich ständig Hunger hatte. Jede Chance, ihnen zu gehorchen und ein »Guter Hund« zu sein, nahm ich wahr. Ein Hund tut alles für sein Futter!

Die Gute Frau und Peter fuhren mich ziemlich oft zu dieser Wiese auf dem Land. Das Wichtigste, was ich dort lernte, war, dass die Menschen es mögen, wenn die Hunde ihnen gehorchen. Meistens fiel mir das gar nicht schwer.

Ich lernte auch die Namen meiner Menschen. Die Gute Frau hatte gleich mehrere Namen. Die Kinder nannten sie »Mama«, aber wenn andere Leute ins Haus kamen, sagten sie »Lanie« zu ihr. Der Große Mann nannte sie »Schatz«; der Name gefiel mir am besten.

Die Mädchen waren »Cara« und »Fran«, und der Große Mann hieß »Papa« oder »Hudson« oder »Liebling«.

Aber der allerbeste Name war der von Meinem Jungen, den sie »Peter« nannten. Ich mochte diesen Namen – den Klang, den Rhythmus, die Melodie. Peter. Mein Peter.

Auch ich hatte einen Namen. Oft nannten sie mich »Guter Hund« und manchmal »Dummer Hund«, aber mein Lieblingsname war, wenn Peter sich neben mich setzte und mein Fell streichelte und mich »Sunny« nannte.

Kapitel 12

Nach zweieinhalb Monaten mit Sunny fanden wir, dass Peter recht hatte. Der Hund brauchte die Hundeschule. Er war eindeutig nicht wie die anderen Hunde, die wir neidisch auf der Straße erlebten, wie sie, ohne Leine und die Ruhe selbst, gehorsam neben ihren Besitzern herliefen. Sobald Sunny einen anderen Rüden sah, ging er auf ihn los. Zweimal gelang ihm das, obwohl er an der Leine war. Aber auch wenn keine anderen Hunde in der Nähe waren, zog und riss er an der Leine und war vollkommen ungehorsam.

Und so fuhren wir an einem hellen, leicht windigen Oktobertag mit ihm zur Hundeschule. Der Ausbilder, ein älterer Mann namens Hank, dessen Haut braun gegerbt von einem Leben im Freien war und dem Weisheit und Tierliebe im Gesicht geschrieben standen, erklärte uns, wie man einem Hund beibrachte, bei Fuß zu laufen. Ein Dutzend andere Hundehalter machten sich sofort mit ihren Tieren an die Arbeit. Da wir zum ersten Mal da waren, bot der Ausbilder uns an, Sunny zu nehmen und uns zu demonstrieren, wie er richtig zu erziehen sei. Wir schauten zu, wie Hank mit Engelsgeduld und stiller Kraft Sunny zügelte und ihn zwang, bei Fuß zu gehen, immer wieder. Irgendwann begriff Sunny und gehorchte, doch nicht ohne vorher den Mann viermal angepinkelt zu haben – wohl um ihm zu zeigen, wie beleidigt er war.

Als Hank uns Sunny zurückbrachte, entschuldigte ich mich für die schlechten Manieren unseres Hundes. Hank lächelte und sagte: »Das passiert öfters. Aber Sie sollten sich darüber klar sein, Madam, dass Sie einen sehr dominanten Hund haben.«

Als seine dritte Lektion in der Hundeschule kam, hatte Sunny gelernt, die Befehle »Fuß!«, »Sitz!«, »Platz!« und »Komm!« zu befolgen. Mit offenem Mund schaute ich zu, wie Peter ihn vor sechs anderen Hunden von der Leine nahm, »Platz!« sagte und zu der anderen Seite des Übungsgeländes marschierte. Er blieb stehen, drehte sich zu Sunny um – und der Hund rührte sich nicht. Dann sagte Peter: »Komm!«, und Sunny sauste über die Wiese zu seinem Herrchen, die übrigen Hunde keines Blickes würdigend.

Sunny lernte es auch, geduldig sitzen zu bleiben, die Nase in der Luft, während Peter einen Napf mit frisch bereitetem Hackfleisch füllte und ihn genau vor ihm hinstellte. Der Hund verzog keine Miene. Ich staunte; die Hundeschule schien etwas zu bewirken. Peter brachte ihm auch bei, sich zu »schütteln«, zu »betteln«, sich zu »rollen« und zu »tanzen«. Mehr noch: Sunny schien zu begreifen, dass es nicht anging, andere Hunde anzugreifen, Instinkte hin, Instinkte her. Jedes Mal, wenn er einen von Peters Befehlen befolgt hatte, bekam er zur Belohnung ein »Guter Hund!« und eine kleine Leckerei, worauf er heftig mit dem Schwanz wedelte, sichtlich erfreut, seinem Herrchen gefallen zu haben. Das war ein großer Fortschritt.

Und ich fing an, nachmittags, wenn ich von der Bücherei nach Hause gekommen und Peter noch in der Schule war, mit Sunny in den Park zu gehen, der am Ende unserer Straße lag. Hank hatte uns gesagt, dass ein dominanter Rüde, der angeleint war, logischerweise aggressiv reagierte, wenn er einen anderen Rüden roch, der frei herumlief, weil er diesen als Bedrohung für sein Territorium empfand. Hank hatte recht; als Sunny die anderen Hunde im Park sah, die frei herumliefen, riss er wie verrückt an seiner Leine. Mehrere der anderen Hundehalter rieten mir: »Lassen Sie ihn einfach auch von der Leine!« Ich zögerte. In der Hundeschule verhielt Sunny sich inzwischen manierlich, aber was würde er hier machen? Doch kaum hatte ich ihm die Leine abgenommen, als er wie der Blitz lossauste, um mit seinen neuen Freunden zu spielen.

Der Park wurde ein Ort, wo Sunny Freiheit und Spaß und Gehorsam lernte und Freunde gewann. Es dauerte eine Weile, bis ich ihm ganz vertrauen konnte, aber schließlich (nachdem er mehrere Hunde angefallen hatte und dafür mächtig ausgeschimpft worden war) ließ ich ihn von der Leine, sobald wir im Park waren, und die nächste halbe Stunde jagte er nach Herzenslust durchs hohe Gras. Der Himmel war auf die Erde gekommen für Sunny. Eine meiner liebsten Erinnerungen ist eine Szene aus diesem ersten Herbst, wie der rotbraune Hund unter dem ebenso rotbraunen Laub der Bäume fast waagrecht über den Boden schießt, ein roter Blitz im Gras.

Hank sagte uns, dass wir einen klugen Hund hätten. Im Park entdeckte ich, dass wir auch einen schnellen, sehr schnellen Hund hatten. In den folgenden Jahren würde ich immer dankbar dafür sein.

Kapitel 13

Die Gute Frau malte gerne.

Morgens gingen alle Meine Menschen fort und ich war alleine im Haus. Meistens war ich draußen im eingezäunten Garten, wo ich durchs Gras laufen und den Eichhörnchen im Birnbaum zuschauen konnte. In den Vorgarten durfte ich nur, wenn Mein Junge dabei war. Eine lange Einfahrt führte von der Straße zum hinteren Garten. Ein Metalltor, das in den Drahtzaun eingefügt war, teilte die Einfahrt in den Vorgarten und den hinteren Garten. Ganz am Ende der Einfahrt war eine offene Garage, in die die Menschen ihr Auto stellten, aber auch alle möglichen anderen Sachen, zum Beispiel die Farben der Guten Frau. Jedes Mal, wenn ich hörte, wie ein Auto kam, sauste ich zum Tor, bellte und wartete.

In der Mitte des Tages fuhr die Gute Frau das Auto in die Einfahrt, öffnete das Tor im Drahtzaun, scheuchte mich aus dem Weg und stellte das Auto in die Garage. Ich war immer ganz aufgeregt, wenn sie nach Hause kam, denn das bedeutete, dass jetzt der Spaziergang in den Park folgte! Wenn wir aus dem Park zurück waren, setzte sie sich im Wohnzimmer aufs Sofa und las eine Weile in ihrem großen Buch. Manchmal redete sie laut, aber ich merkte, dass sie nicht mit mir redete.

Danach ging sie hinaus in die Garage und holte ihre

Farben. Ich mochte den Geruch der Farben – so eine Mischung aus Säure und Öl und Neu. Die Gute Frau tauchte kleine Bürsten in die verschiedenen Farben und ging mit ihnen über eine Art großes weißes Brett. Man konnte richtig zuschauen, wie das Brett bunt wurde.

Aber eines Tages beschloss sie, nicht so ein Brett anzumalen, sondern eine Bank. Es war eine alte Bank, die der Große Mann an der Straße gefunden hatte (ich weiß das, weil ich dabei war), und der Große Mann machte dort, wo das Holz verrottet war, neues Holz hin und dann malte die Gute Frau es mit einer dunklen Farbe an. Sie summte und sang dabei; sie war glücklich. Lange wollte sie nicht, dass ich der Bank zu nahe käme. Ich wollte ihr gehorchen, aber der köstliche Geruch von Neu und Sauer war so verlockend.

Dann klingelte das Telefon und sie ging dran. (Die Menschen reden gerne laut in dieses komische Ding, obwohl niemand in der Nähe ist. Schön, dass sie meistens sofort drangehen, denn dieses grässliche Klingeln tut mir in den Ohren weh.) Ich ging in die Garage, um die Bank zu beschnüffeln. Ich hob gerade mein Bein, um sie zu markieren, damit jeder wüsste, dass es Meine Bank war, als die Gute Frau in die Garage stürzte und »Stopp!« rief. Sie packte mich am Halsband und führte mich ins Haus. Später, als die Bank im Garten stand, markierte ich sie regelmäßig, aber an diesem Tag gehorchte ich und blieb im Haus. Irgendein komisches dunkles Zeug war in meinem Fell hängen geblieben und ich versuchte hartnäckig, es abzulecken. Komisch, es roch so wie die Bank.

Kapitel 14

Manchmal habe ich den Eindruck, dass mein Herz richtig hart ist. Manchmal fühlt es sich steif an wie ein Muskel, der lange nicht benutzt worden ist. Aber manchmal, Gott, bricht es. Es ist nicht immer etwas Schreckliches, Tragisches, was mein Herz bricht. Eine ganz alltägliche Szene oder eine plötzliche Erinnerung reichen aus und tief drinnen meldet sich dieser Schmerz. Ein guter Schmerz, so ähnlich wie der Muskelkater, wenn man einen lange nicht mehr benutzten Muskel auf einmal kräftig trainiert.

Was war es, was mein Herz berührte in jenem ersten Jahr mit Sunny? Zum Beispiel der Blick durch das große Wohnzimmerfenster in den Garten, wo unser schöner Hund auf der grünen Bank lag, die gar nicht für ihn gedacht gewesen war, und schlief. Die Tränen kamen und ich lächelte versonnen. Dieser verrückte, liebenswürdige Hund hatte so viel Freude in unser Leben gebracht. Er hatte Teppiche und Schuhe ruiniert und den Rasen im Garten schier durchgelaufen. Einmal hatte er sich so mit grüner Farbe verschmiert, dass ich sie ihm buchstäblich aus dem Fell schneiden musste.

Aber das war es wert.

Und so kamen mir die Freudentränen, als ich ihn dort auf der Bank liegen sah. Meistens sauste er kreuz und quer durch unseren kleinen, eingezäunten Garten, aber an diesem Tag schlief er, ein Bild des Friedens. Aus dem »Rachen der Hölle« gerettet, hatte er endlich ein Zuhause gefunden, wo er geliebt wurde. Er gehörte zur Familie.

Es berührte auch mein Herz, wenn ich Peter – wenn er wieder einmal (was immer häufiger vorzukommen schien) so still und verbissen war – in die Garage gehen sah, um mit Sunny zu schmusen. Er vergrub sein Gesicht im rostbraunen Fell seines Freundes und redete leise mit ihm und sein Groll verflog. Ich lernte von Sunny, dass manchmal das Beste, was ich für Peter tun konnte, darin bestand, einfach da zu sein, kein Wort zu sagen und ihn wütend oder traurig sein zu lassen.

Es rührte mein Herz, wenn ich sah, wie Peter seine grenzenlose Energie in Ringkämpfen mit seinem Hund abreagierte. Nachdem Sunny die ersten paar Monate bei uns gewesen war, hatten die meisten von Peters Sweatshirts und viele seiner T-Shirts Löcher, aber was machte das? Ein Junge und sein Hund ...

Ich spürte dieses wohlige Weh auch dann, wenn ich beobachtete, wie Sunny darauf wartete, dass Peter von der Schule nach Hause käme. Es war die Art, wie er wartete – mit seinen Ohren. Sunny hatte hundert Arten, seine Gefühle auszudrücken, und für die meisten benutzte er seine Ohren. Das Ohr eines Menschen kann sich nicht so bewegen wie das eines Hundes. Da lag Sunny im Garten und döste vor sich hin. Plötzlich hörte er etwas. Ich hatte nichts gehört, aber er war auf einmal hellwach. Er lag weiter mit dem Bauch auf dem Zement, aber seine Ohren waren jetzt gespitzt. Dann neigte er seinen Kopf zur Seite und seine Augen wurden lebendig. Jetzt setzte er sich auf und seine Ohren hoben und senkten sich. Er stand vollends auf, sein Schwanz begann zu wedeln. Einen Augenblick blieb er so stehen und schaute auf jene wache, erwartungsvolle Art zur Straße hin und dann rannte er zum Tor im Drahtzaun. Manchmal war es mehr ein Galoppieren als ein Laufen, wie bei einem Fohlen, das mit ausgelassenen kleinen Sprüngen lief. Sobald Peter das Tor öffnete, sprang Sunny an ihm hoch, legte seine Pfoten an die Brust des Jungen und begrüßte ihn mit Freudengejaule und dann hörte ich, wie mein Sohn – mein Sohn! – mit seiner Stimmbruchstimme lachte. Ich schaute aus respektvoller Entfernung zu und wischte mir die Augen, weil es mein Herz so anrührte.

Eines Tages, als ich wieder diese Szene beobachtete, musste ich denken: »Solltest du deinen Herrn nicht genauso begrüßen, wie Sunny Peter begrüßt – in sehnsüchtiger Erwartung, die Ohren gespitzt und dann voller Freude in seine Arme laufen?«

Kapitel 15

Ich war jetzt schon eine gute Weile bei Meinen Menschen. Schnee war gefallen und wieder verschwunden, die Bäume hatten nach Blüten geduftet, dann nach Früchten, das Gras war grün geworden und dann fast braun unter der heißen, heißen Sonne. Dann kam eine Zeit, wo Peter und Cara und Fran nicht frühmorgens fortgingen. Ich durfte nicht die Treppe hinaufgehen, obwohl ich mich ein paarmal, wenn die Menschen mich im Haus allein ließen, hinaufschlich, um mich ein bisschen umzusehen.

Mein Junge brauchte auf einmal lange, bis er morgens die Treppe hinunterkam. Aber das Warten lohnte sich, denn wenn er gegessen hatte, ging er mit mir nach draußen, bevor die Sonne zu heiß wurde, und wir spielten Ball. Wieder und wieder sauste ich hinter dem Tennisball oder dem Baseball her und brachte ihn Meinem Jungen zurück.

Die Menschen beschützten Meinen Jungen, weil er hinkte. Ich wusste nicht, warum er hinkte. Vielleicht hatte auch er einen Schlimmsten Tag von Allen gehabt. Ich wusste nur, dass er sich langsamer bewegte als andere Jungen in seinem Alter und dass ihn das ängstlich machte. Ich konnte seine Angst riechen. Die Mädchen, Cara und Fran, luden oft Freunde zu sich ein – andere

Menschen in ihrem Alter, mit denen sie spielten –, aber Mein Junge hatte selten Freunde zu Besuch.

Die Gute Frau machte sich Sorgen um Meinen Jungen. Ich konnte das genauso riechen, wie ich die Angst roch. Sie beobachtete ihn von Weitem. Sie sprach nicht sehr oft mit ihm, aber sie beobachtete ihn. Manchmal, wenn Mein Junge mit mir gespielt hatte, sah die Gute Frau erleichtert aus. Ich wünschte mir, ihr sagen zu können, dass sie sich keine Sorgen um Meinen Jungen zu machen brauche. Er würde mir nie etwas tun und sein Herz war stark. Und ich würde ihn immer beschützen. Er hatte mich gerettet und ich würde ihn nie verlassen. Nie.

Eines Tages in dem heißen Sommer nahm Mein Junge mich an die Leine und schnallte einen Rucksack auf seinen Rücken. Ein Abenteuer! Mein Junge hatte Essen in den Rucksack gepackt. Ich roch das Rindfleisch und das Brot und den Thunfisch und andere wunderbare Sachen, die ich normalerweise nicht zu fressen bekam, aber die ich bestimmt kriegen würde, wenn ich allein mit Peter war. Wir hatten alles gemeinsam.

Ich sprang in den Kofferraum des Autos. Das tat ich immer, wenn Peter mir pfiff und »Komm, Sunny!« rief und an die Seite des Autos klopfte. Ich sprang also in den Kofferraum, vor Freude jaulend und mit dem Schwanz wedelnd. Was konnte es Schöneres geben als eine Autofahrt mit Meinem Jungen? Die Gute Frau und der Große Mann setzten sich vorne hin. Der Große Mann fuhr und Mein Junge saß hinter ihm und beugte sich über den Rücksitz und streichelte mich. Er passte immer auf, dass ich auch bestimmt keine Angst hätte. Aber ich hatte natürlich keine Angst; ich war ja bei ihm!

An diesem Tag fuhren wir lange und dann parkte der Große Mann das Auto im Schatten hoher Bäume. Mein Junge sprang vom Rücksitz nach draußen, öffnete den Kofferraum und rief: »Komm, Sunny!«, und ich sprang hinaus. Die Gute Frau sah wieder besorgt aus, aber der Große Mann nahm ihre Hand, lächelte und winkte uns zu und sagte Meinem Jungen irgendetwas und dann fuhren sie fort. Ich sah ihnen hinterher und wedelte mit dem Schwanz. Die Gute Frau schaute zurück und dieses komische Wasser lief ihr übers Gesicht.

Kapitel 16

Fast ein Jahr nachdem Sunny zu uns gekommen war, wollte Peter unbedingt mit ihm zelten gehen. Die beiden wollten ganz allein zwei Tage und eine Nacht auf den Appalachian Trail, einen Wanderweg, der durch das Appalachen-Gebirge führt. Wir waren platt. Unser Sohn? Der Junge, der in der Schule Angst vor den Sportstunden hatte, wollte auf dem Appalachian Trail kampieren, alleine mit seinem Hund?

»Das wird ihm guttun«, meinte Hudson. »Ein Junge und sein Hund. Mach dir keine Sorgen. Du sorgst dich zu viel, Lanie.«

Aber ich wusste, dass ich jeden Grund hatte, mich zu sorgen. Peter hatte nicht immer Angst vor dem Sportunterricht gehabt. Und er hatte Freunde gehabt, viele Freunde. Vor dem Unfall. Ich wusste schon gar nicht mehr, wie oft Hudson und ich darüber gesprochen hatten. Peter war ein begeisterter Pfadfinder gewesen und ein passabler Sportler. Er hatte Fußball gespielt und war gerne mit seinem Vater und Freunden zelten gegangen.

Den Rest kann ich nicht schreiben, ohne dass es mir Kehle zuschnürt.

Der Unfall geschah auf einem Zelttrip auf dem Appalachian Trail.

Es war in unserer Familie Tradition geworden, dass

Hudson jedem unserer Kinder zu seinem zehnten Geburtstag einen ganz besonderen Ausflug spendierte. Mit Cara war er auf eine Ferienranch im Westen gefahren, wo sie richtige Pferde geritten hatten. Mit Fran war er in Colorado Ski gelaufen.

Peter entschied sich für den Appalachian Trail. Mit ihm gingen sein Vater, sein bester Freund, Matthew, und Matthews Vater, Mike. Fünf Tage Abenteuer, komplett mit Wandern, Kanufahren und Felsenklettern. Die perfekte Art, Peters zehnten Geburtstag zu feiern, obwohl er mittlerweile schon eher elf war.

Was soll ich sagen über den Unfall? Dass er nicht hätte geschehen dürfen? Ein Kanu, das umkippte. Der Fuß eines Jungen, der in den Steinen des Flussbetts stecken blieb. Ein anderer Junge, der hinuntertauchte, um das Bein seines Freundes freizubekommen, und dabei mit dem Kopf gegen einen Felsen schlug und ohnmächtig wurde. Ein Vater, der seinen ohnmächtigen Jungen, den das Wasser mitgerissen hatte, suchen lief, und ein zweiter Vater, der da blieb, um seinen Sohn aus dem Fluss zu ziehen, und der ihm buchstäblich das Bein brechen musste, um es loszubekommen. Der Junge, der vor Schmerzen schrie, der Vater, der ihn ans Ufer zog und dort liegen ließ und forteilte, um dem anderen Vater bei der Suche zu helfen. Der Junge, der über eine Stunde mit wahnsinnigen Schmerzen da lag, während die Väter seinen Freund suchten und suchten und suchten. Die Nacht, die kam, und die Sanitäter, die endlich eintrafen und den verletzten Jungen ins Krankenhaus fuhren. Der

Vater, der hin- und hergerissen war zwischen dem Wunsch, mit seinem Sohn zu fahren, und dem Willen, mit seinem Freund und den Rangern die sinnlose Suche fortzusetzen.

Was soll ich sagen?

Sie flogen Peter in die Klinik hier in unserer Stadt. Der Beinbruch war so schlimm, dass er drei Mal gerichtet werden musste. Er heilte schließlich, aber noch Jahre später hinkte Peter stark.

Matthews Leiche wurde eine Woche nach dem Unfall weiter unten im Fluss von einem Angler gefunden.

Wer kann so etwas verkraften? Hundert Fragen. Warum musste Matthew sterben und unser Sohn nicht? Ein langes, elendes *Warum*, das uns in der Kehle stecken blieb und uns in seinem Schweigen erstarren ließ.

Und Peter, still und verschlossen, stellte in seinem Kopf seine eigenen Fragen, wieder und wieder: »Warum wollte ich unbedingt auf den Appalachian Trail? Wie konnte es passieren, dass mir das Kanu umkippte? Warum klemmte sich mein Fuß ein? Warum musste Matthew in den Fluss tauchen? Warum stieß er mit dem Kopf gegen einen Felsen?«

Fragen ohne Antworten. Alles, was ich wusste, die einzige Antwort, die ich hatte, war, dass nach diesem furchtbaren Unfall Peter nicht mehr derselbe war.

Dann kam Sunny in unser Haus, und leise meldete sich Hoffnung.

Ich schaute zu, wie mein Mann zuschaute, wie Peter und der Hund auf dem Wanderweg losmarschierten, demselben Wanderweg, den er zwei Jahre zuvor mit Hudson, Matthew und Mike gegangen war. Wir mussten ihn ziehen lassen, einen Dreizehnjährigen, der hinkte, einen Jungen, der wieder das Leben und das Abenteuer brauchte sowie das Wissen, dass wir ihm vertrauten, und der sich und uns beweisen musste, dass er zu etwas taugte.

Ich schaute ihnen hinterher und die Tränen strömten mir über das Gesicht.

In diesem Augenblick wurde Sunny für mich viel mehr als der liebe und etwas neurotische Hund, den wir aus dem Tierheim geholt hatten. Ich legte innerlich eine riesige Last der Verantwortung auf Sunnys Rücken. Er würde unseren Sohn beschützen. Er musste ihn beschützen.

Ich betete zu Gott und räusperte mich und fast hätte ich meinen Kopf durch das Fenster gesteckt und gerufen: »Bitte geh nicht zu nah an den Fluss!« Stattdessen winkten wir schweigend ein zweites Mal und ich versuchte, meine Stimme unbekümmert klingen zu lassen, befahl den Tränen, zu versiegen, öffnete meinen Mund und sagte: »Viel Spaß, ihr beiden.«

Kapitel 17

Allein im Wald mit Seinem Jungen – was kann es Schöneres geben für einen Hund? Ich trottete neben Peter her und leckte hin und wieder seine Hand, dann schoss ich plötzlich nach vorne, um ein Eichhörnchen zu jagen oder den nächsten Baum als meinen zu markieren. Es war meine Methode, zu sagen: »Ich war hier, Leute, also passt auf! Bleibt weg!« Meinem Jungen gefiel es nicht, dass ich so oft anhielt, um einen Strauch zu besprühen, und manchmal wurde er ungeduldig.

Die Menschen scheinen einfach nicht zu begreifen, wie wichtig das mit dem Urin ist.

Wir gingen einen schönen Weg entlang, auf dem aus allen Richtungen Gerüche kamen – wilde Gerüche, freie Gerüche von sterbenden Blättern und dicken Baumrinden und Büschen und noch einmal Büschen, die von mir markiert werden wollten.

Aber es gab auch Gerüche, die mir nicht gefielen. Gerüche von Tieren, die ich nicht kannte, Gerüche von Müttern mit ihren Jungen. Dann und wann begegneten wir Menschen; ein paar hatten einen Hund dabei. Aber viel öfter sahen wir Vögel und Schmetterlinge oder Eidechsen, die sich auf einem heißen Stein sonnten. Hin und wieder erlaubte Peter mir, ein dickes graues Eichhörnchen zu jagen, bis es einen Baum hinaufhuschte, während ich unten stand und ihm zubellte, doch bitte herunterzukommen. Aber die Eichhörnchen hörten nicht auf mich.

Mein Junge schien genau zu wissen, wo er hinwollte, aber nach mehreren Stunden Laufen wurde er müde; ich merkte das daran, dass er stärker hinkte als sonst und deutlich langsamer wurde. Und so legte ich mich im Schatten eines Baumes hin, während er seinen Rücken an den Stamm lehnte, und wir tranken Wasser und aßen etwas und ruhten uns aus.

Ich staunte, was Mein Junge alles konnte: zum Beispiel ein Zelt aufschlagen und nur mit ein paar Zweigen und Steinen und einem Streichholz, das in der Dunkelheit aufleuchtete, ein Feuer anzünden. Ich sah eine Zuversicht in seinen Augen, die ich bisher noch nie gesehen hatte, und ich wedelte mit dem Schwanz und leckte ihm so über die Arme, dass er kichern musste wie ein kleiner Junge.

Wir legten uns schlafen. Ich lag im Zelt neben Meinem Jungen, der in einen Schlafsack gekrochen war. Plötzlich wurde ich von einem Geräusch wach. Das Geräusch war ziemlich nahe und meine Nase sagte mir, dass es von einem jener Tiere kommen musste, denen ich noch nie begegnet war, aber von denen meine Mutter mir einmal erzählt hatte. Es war ein riesengroßes Tier, dass sehr gefährlich war, wenn es seine Jungen dabei hatte. Ich sprang auf die Füße und begann zu winseln. Ich mochte den Geruch dieses Tieres überhaupt nicht. Es roch so wütend und gefährlich. Ich winselte wieder und leckte die Hand Meines Jungen und endlich wurde er wach. Er streichelte mich und ich merkte, dass er weiterschlafen wollte, also stieß ich ihn mit meinem Maul an, erst vorsichtig, dann fester und winselte wieder.

Er fragte mich etwas und dann nahm er seine Taschenlampe und kroch zum Zelteingang und lugte hinaus in die Dunkelheit. Ich bellte jetzt, um ihn zu warnen. Das Tier war nah, sehr nah und es war wütend. Ich kann Gefahr riechen.

Ich sprang hinaus in die Nacht. Draußen stand ein großes schwarzes Tier – die Menschen nennen es »Bär« – auf seinen Hinterbeinen und versuchte, mit seiner Pranke den Rucksack herunterzureißen, den Mein Junge hoch an einen Ast gehängt hatte. Es war eine Mutterbärin, und als sie mich sah, brummte sie böse; ihre weißen Zähne blitzten in der Nacht. Neben ihr kauerte ein Bärenjunges, das ungefähr so groß war wie ich. Ich stemmte meine Beine in den Boden und zeigte ebenfalls meine Zähne; das Fell stand mir zu Berge. Ich bellte Meinem Jungen zu, sich in Sicherheit zu bringen. Aber die Menschen verstehen nie richtig, was ich ihnen sagen will.

Jetzt bekam Mein Junge Angst. Er wusste nicht, was er machen sollte, ich roch es deutlich. Er rief: »Platz! Platz, Sunny!« Er rief es noch einmal und noch einmal. Aber ich hatte keine Lust, hier sitzen zu bleiben und die schwarze Bärin hinter ihm herlaufen zu lassen. Er hatte Angst um sich selber, aber er hatte noch mehr Angst um mich, und das machte ihn mir noch lieber.

Die Mutterbärin brummte wieder. Sie richtete sich auf und bearbeitete die Luft mit ihren riesigen Pranken. Der Rucksack fiel vom Ast herunter auf den Boden, direkt neben mir. Ich wusste, was ich jetzt tun musste. Ich packte mit meinem Maul den Riemen des Rucksacks und rannte los, das Gepäck mitschleifend. Es war nicht mehr sehr schwer, da wir das meiste von dem Proviant an diesem ersten Tag verzehrt hatten. Ich wusste, dass die Bärin es auf den Proviant abgesehen hatte, nicht auf Meinen Jungen. Ich hörte wieder ihr Knurren und dann das Geräusch, wie ihr schwerer Leib durch die Büsche krachte, während sie hinter mir her war.

Mein Junge fing an, langsam einen Baum hinaufzuklettern. Er schrie mir irgendetwas zu. Ich sauste weiter, den Rucksackgurt in meinem Maul, weg von Meinem Jungen. Ich hörte, wie die Bärin näher kam; noch ein Augenblick, und sie würde sich auf mich stürzen und mich gleich mitfressen. Aber ich ließ den Rucksack fallen und rannte weiter. Sie folgte mir nicht, sondern hielt an. Ich rannte weiter, immer tiefer in den Wald.

Später kehrte ich zu der Stelle, wo ich den Rucksack fallen gelassen hatte, zurück. Die Bärin hatte ihn mit einem einzigen Tatzenhieb aufgerissen und den Proviant gefressen; vielleicht hatte sie ihn auch ihrem Jungen gegeben. Dann hatte sie sich fortgetrollt. Ich folgte ihrem Geruch. Ein Glück – sie war in die andere Richtung gegangen, nicht dahin, wo ich Meinen Jungen zurückgelassen hatte. Ich wartete lange, aber die Bärin und ihr Junges kamen nicht zurück. Ich packte den Rucksack mit meinen Zähnen und zog ihn neben mir her, während ich zurück zu Meinem Jungen lief.

Der saß noch auf seinem Baum. Als er mich sah, schrie er vor Freude, sprang vom Ast herunter und drückte mich ganz fest. Er weinte; ich spürte das Wasser aus seinen Augen auf meinem Fell.

Aber es war ihm nichts passiert. Ich hatte meinen Job erledigt. Ich hatte Meinen Jungen beschützt.

Kapitel 18

Kann das Schicksal zweimal an derselben Stelle zuschlagen? Ich weiß nur, dass Peter uns, als wir ihn und Sunny und den halb zerrissenen Rucksack am vereinbarten Treffpunkt abgeholt hatten, das Abenteuer in allen Einzelheiten erzählte, wie er es von seinem Ausguck oben auf dem Ast miterlebt hatte, und dass seine Stimme dabei verhalten zuversichtlich klang. Diesmal war die Katastrophe abgewendet worden. Wieder und wieder schilderte Peter, wie Sunny ihn mitten in der Nacht aufweckte, wie der hungrige Schwarzbär brummend dastand und versuchte, den Rucksack herunterzureißen, wie er sich die nackten Beine aufscheuerte, als er den Stamm der dünnen Kiefer hochkletterte, und wie er Angst hatte, dass der Ast unter ihm brechen würde. Aber seine Lieblingsszene war, wie Sunny den heruntergerissenen Rucksack packte, bevor der Bär reagieren konnte, und mit ihm fortsauste, weit, weit weg.

»Er hat mich beschützt, Mama, total. Sunny hat's gepackt. Er ist gerannt wie der Blitz. Er hat den Bären von mir abgelenkt, er hat mir das Leben gerettet.«

Der Junge und sein Hund. Gemeinsam hatten sie der Bärin eine Nase gedreht.

Ich mag nicht darüber nachdenken, was mit meinem Sohn passiert wäre, wenn die Bärin den Hund gekriegt hätte. Ich weiß nur, dass ich Gott dankte, dass unser Hund nicht nur treu, sondern auch schnell war. Und klug.

Und ich weiß, dass Peter nach diesem Abenteuer ein anderer war – männlicher, zuversichtlicher, entschlossener. Das Feuer, das in den Augen des früheren Peter gewesen war, kam zurück. Ich hatte sogar den Eindruck, dass er nicht mehr so stark hinkte. Seine Fürsorge für seinen Hund kannte keine Grenzen mehr und er erlaubte mir nicht, den zerrissenen Rucksack wegzuwerfen, sondern ließ ihn jahrelang in seinem Zimmer an der Wand hängen. Vielleicht sollte er ihn daran erinnern, dass nicht jede Krise zur Katastrophe wird. Oder einfach daran, wie sein Hund ihm das Leben gerettet hatte.

Ich fand, dass Peters neue Lebenszuversicht mit seinem Hund zusammenhing. Die beiden waren ein Team, ein starkes Team.

Kapitel 19

Es gibt Bilder, die bleiben für immer haften im Gedächtnis einer Mutter. Einige meiner Lieblingsbilder stammen aus der Zeit, als Peter fünfzehn wurde. Er fing an, sich das Haar länger wachsen zu lassen, sodass es sich unterhalb der Ohren leicht lockte. Er machte kein Aufheben davon. Falls es eine Trotzgeste sein sollte, dann war es eine sehr kleine, fanden Hudson und ich, und wir sagten kein Wort. Ein liebes Mädchen aus der Jugendgruppe unserer Kirche hielt sich oft in seiner Nähe auf, aber er schien es nicht zu bemerken, selbst dann nicht, als Cara und Fran ihm klipp und klar sagten: »Die steht auf dich, Peter. Führ sie doch mal aus.«

Aber er führte sie nie aus, wahrscheinlich weil »Ausführen« in unserer Familie bedeutete, dass man seine Freundin zum Dinner nach Hause einladen durfte; mehr war vor dem siebzehnten Geburtstag nicht drin.

Aber ich mochte Peters fünfzehntes Lebensjahr, weil er damals seine Leidenschaften in neuer Weise zu entdecken begann. Es war wohl auch das letzte Jahr, wo Sunny sein einziger Kamerad war. In den folgenden Jahren sollte Peter andere Freunde bekommen, viele Freunde. Er nahm sich weiter Zeit für seinen Hund, spielte mit ihm und ging mit ihm nach draußen. Nach wie vor sah ich ihn manchmal, wie er neben Sunnys Korb hockte und ihm sein frustriertes Herz ausschüttete, vor allem nachdem das liebe Mädchen aus der Kirchenjugend Peters siebzehnjähriges Herz gebrochen hatte.

Aber mit fünfzehn war Sunny noch der Einzige in Peters Herz.

Fünfzehn war das Alter, wo Peter breit und verlegen lächelte und sich keinen Deut um seine Garderobe kümmerte, zum hellen Entsetzen seiner Schwestern, die es furchtbar fanden, wie er die Familie blamierte mit seinen Jeans, die so weit herunterhingen, dass jeder seine absolut uncoole Unterwäsche sehen konnte. Aber mit fünfzehn war Peter dergleichen egal.

Er spielte wieder Fußball, in der Verteidigung, mit der Leidenschaft eines Profis und ich wurde eine »Soccer Mom«, die auf der Tribüne saß und ihren Sohn mit dem langen Blondschopf lautstark anfeuerte.

Es war das Jahr, wo Peter und Sunny anfingen, jeden Tag zu joggen. Wenn sie zurückkamen, war Peter schweißnass und hechelte fast so wie der Hund. »Sunny hat mich wie ein Irrer den Heartbreak Hill raufgescheucht«, keuchte er. »Wenn er mich nicht die letzte Meile mitgezogen hätte, ich hätt's nicht geschafft.«

Fünfzehn – das waren grenzenlose Energie und ebenso grenzenlose Liebe zu seinem Hund. Wenn seine Energie gelegentlich auf Menschen übergriff und er mich spontan umarmte, hätte ich Lust gehabt, auf die Küchenanrichte zu springen und einen Stepptanz zu vollführen zwischen den kleinen Hügeln aus Brotkrümeln, Grapefruitgelee und Erdnussbutter, die mein hungriger und eiliger Halbwüchsiger dort hinterlassen hatte.

Ich bin eine sentimentale Mutter und ich wollte nicht, dass dieses fünfzehnte Jahr zu Ende ging.

Haben Mütter Vorahnungen? Eine besondere Intuition? Vielleicht. Ich weiß nur, dass Sunny und ich sie spürten, die Veränderung, die da in der Luft lag, und wenn Sunny seine Nase hob und sie witterte, musste ich meine Tränen zurückhalten.

Kapitel 20

Nach seinem zweiten Highschool-Jahr wurde Peter von vier Freunden für die Sommerferien auf einen einmonatigen Zelttrip im Westen der USA eingeladen. Als Junge war er gerne in die Pfadfinderlager gegangen, aber nach dem Unfall hatte er keinerlei Interesse mehr gezeigt, mit jemand anderem zu zelten als mit seinem Hund. Tatsache war, dass Peter Sunny nicht allein lassen wollte, Punkt.

Dann wurde er sechzehn, lernte ein paar gute Freunde kennen und begann, mit ihnen diesen »Wildwesttrip« zu planen. Eines Tages fragte er mich mit Tränen in den Augen, wie er Sunny erklären solle, dass er für eine Weile weggehen würde.

»Glaubst du, dass er weiß, dass ich weggehe, Mama? Merkt er das? Ich will nicht, dass er denkt, dass ich ihn für immer verlasse.«

Dass er seinem Hund nicht erklären konnte, dass er einen Monat nicht da sein würde, machte Peter echt zu schaffen. Am Abend vor seiner Abreise saß er auf dem Fußboden neben Sunnys Korb und streichelte ihn stundenlang. Er merkte nicht, dass er eine Melodie summte, auch nicht, dass er laut nachdachte.

»Ich komm zurück. Ehrenwort. Ich bleib nicht lange weg. Ich komm wieder. Sei inzwischen schön brav, ja?

Tu, was Mama sagt. Reg sie nicht auf, ja? Sie wird dich füttern und lange Spaziergänge mit dir machen, wenn du schön bei Fuß bleibst.«

Er redete und redete auf den Hund ein, beruhigte ihn, summte, sang. Schließlich schlief er dort neben seinem Korb ein. Irgendwann in der Nacht muss er wohl wach geworden und nach oben gegangen sein, denn am Morgen musste ich ihn in seinem Zimmer wecken. Das Erste, was er tat, war, dass er ins Erdgeschoss rannte und Sunny rief. Wie immer begrüßte der Hund ihn mit fröhlichem Schwanzwedeln. Dann sprang er hoch und platzierte seine Beine auf Peters Oberschenkel und im nächsten Augenblick war er wieder auf dem Fußboden, rollte sich auf den Rücken, dass seine großen Ohren sich auf den Boden legten, streckte ein Bein in die Luft und wartete geduldig, bis Peter diesen Wink mit dem Zaunpfahl, den er ihm jeden Morgen gab, sah: »Hier hast du meinen Bauch. Kannst du ihn bitte kratzen?« Was Peter natürlich gerne tat.

Manchmal fragte ich mich, wer von den beiden wirklich in die Hundeschule gegangen war – der Hund oder der Junge? Vielleicht hatten sie auch gemeinsam gelernt. Was mir irgendwie das Richtige zu sein schien für einen Jungen und seinen Hund.

Als ich den beiden zusah an dem Morgen, bevor Peter ging, krampfte sich mir das Herz zusammen, wie es immer geschah, wenn Gott mir einen Wink gab. Wieder verglich ich mich mit Sunny und fragte mich, ob ich auch so lange stillsitzen und nichts tun und einfach die

Nähe und Wärme meines Herrn genießen könne. Wagte ich es, zu ihm aufzuschauen und ihn zu bitten, den Bauch meiner Seele zu streicheln, einfach weil ich wusste, dass er mich liebte und mir guttun wollte? Wie viel ich auch über meinen Herrn und Heiland wusste, ich glaube, tief drinnen erwartete ich immer noch, dass er über mich enttäuscht wäre. Ich konnte mir immer noch nicht recht vorstellen, dass er Ja dazu sagte, dass ich unter der Treppe auf dem Fußboden säße und einfach bei ihm wäre und mich geborgen fühlte und nie mehr weggehen wollte.

Kapitel 21

Ich spürte, dass bald irgendetwas Komisches passieren würde. Mein Junge war so aufgeregt und nervös und gedankenverloren. Er roch nach Traurigkeit und nach Freude, beides zusammen. Wir joggten immer noch und tollten im Garten in der Sonne herum und er war oft bei mir, aber in seinen Augen war etwas. Ich versuchte, es zu verstehen. Ich saß still da mit erhobenem Kopf und wedelndem Schwanz und sah feierlich aus, während er seine Arme um mich legte. Ich spitzte die Ohren, um zu hören, was da anders war. Ich lauschte und witterte und beobachtete. Wenn ich gewusst hätte, dass er gehen wollte, ich glaube, ich hätte ihn länger beschnüffelt und seinen Geruch – halb Junge, halb Mann – so völlig in mich aufgesogen, dass ich ihn nie vergäße.

Dann kam Peter eines frühen Morgens die Treppe herabgesprungen, in seiner Hand ein praller Rucksack. Er setzte ihn am Fuß der Treppe neben meinen Korb ab. Der Schlafsack, den wir zu unseren Abenteuern immer mitnahmen, lag schon dort. Und Proviant. Ich roch Proviant. Ich begann, ganz aufgeregt um den Schlafsack und den Rucksack herumzulaufen. Der nächste Ausflug mit Meinem Jungen!

Als ich mit meinem Schwanz wedelte und ihn mit meiner Schnauze anstieß, kniete er sich neben mich hin, schaute mir in die Augen und sagte: »Platz, Sunny. Platz.« Warum sagte er das, wenn wir doch bald zu einem Abenteuer losziehen würden? Wir gingen immer zusammen auf Abenteuer.

Dann kam ein Auto in die Einfahrt gefahren. Es war voll mit Jungen – große, lachende, stark riechende Jungen. Sie tätschelten mich beiläufig, als Peter mich ihnen vorstellte. Ich merkte, dass sie es kaum erwarten konnten, auf dieses Abenteuer zu fahren. Ich bellte und rannte durch den Garten. Ein Abenteuer mit Meinem Jungen und seinen Freunden!

Mein Junge hob seine Tasche in den Kofferraum des Autos. Ich sauste hinterher und sprang hinein. Ich kannte meinen Platz im Auto. Ich legte mich zufrieden zwischen diversen Rucksäcken und Schlafsäcken hin. Einer der Jungen lachte. Die anderen lachten nicht. Sie sagten etwas zu Peter. Er zuckte die Achseln und tat so, als ob er grinste. Es war das Grinsen, das er sonst bei seinen Eltern benutzte, wenn sie ihm zu viel fragten. Er trat an den Kofferraum und tätschelte mich und ich schaute zu ihm hoch, leckte seine Hand und klopfte mit dem Schwanz langsam auf den Boden des Kofferraums. Ich mochte es nicht, wie er mich ansah. *Klopf, klopf, klopf.*

»Nein, Sunny«, sagte er mit brüchiger Stimme. Ich merkte, dass er das nicht so meinte, und so leckte ich weiter seine Hand und jaulte leise. »Nein«, wiederholte er und dann packte er mein Halsband und zog daran. Ich zog dagegen; ich dachte, dass er mit mir spielte.

Dann aber zog er nicht, sondern ruckte richtig stark, so stark wie noch nie.

»Sunny!«, sagte er und es klang richtig ärgerlich. Ich hatte diesen Klang bisher nur in der Stimme des Großen Mannes und der Guten Frau gehört, aber nie in der Meines Jungen. Ich stand langsam auf, sprang aus dem Kofferraum nach draußen und verdrückte mich.

Ich glaube, er merkte es gar nicht. Peter und die anderen stiegen ins Auto und einer von ihnen startete den Motor und fing an, den Wagen aus der Einfahrt zurückzusetzen.

Ich stand in der Einfahrt, den Kopf erhoben, und schaute, wie er fortfuhr. Er winkte mir noch einmal zu und dann war er weg.

Einen Tag nach dem anderen wartete ich darauf, dass er zurückkäme, aber er kam nicht. Er war morgens nicht da, um die Treppe herunterzukommen und mich zu begrüßen. Er tauchte nachmittags nicht in der Einfahrt auf und er aß nicht mit dem Großen Mann, der Guten Frau und den Mädchen zu Abend.

Warum hatte Mein Junge mich verlassen? Was sollte das bedeuten? Ich wollte wissen, ob es ihm gut gehe. Ich wollte, dass er wüsste, dass ich ihn vermisste und dass ich versuchte, dem Großen Mann und der Guten Frau zu gehorchen. Es kamen noch andere Leute, andere Menschen, die sich um mich kümmerten, aber niemand konnte es so wie Mein Junge. Würde ich ihn je wiedersehen?

Manchmal bekam ich Angst, dass ich seinen Geruch

und den Klang seiner Stimme vergessen würde. Einmal sauste ich ins Wohnzimmer und bellte den Geruch an, den ich in der Luft geschnuppert hatte. Aber er war es nicht, nur sein Baseballhandschuh lag auf dem Sofa. Ein anderes Mal, als die Gute Frau mich allein zu Hause gelassen hatte, schlich ich nach oben in sein Zimmer. Sein Geruch war überall, ich spürte seine Gegenwart. Ich sprang auf sein Bett und wartete und hoffte, dass er bald kommen würde. Und selbst wenn er nicht käme, ich würde warten.

Kapitel 22

Das Warten war lange für Sunny, als Peter das erste Mal fort war. Jedes Mal, wenn es an der Tür klingelte, sprang Sunny durch den Garten herbei, die Ohren hochgestellt und ein Leuchten in seinen rostbraunen Augen. Ein Bild der Hoffnung.

»Ich glaube, er wartet auf Peter«, sagte ich eines Tages zu meinem Mann.

Kaum waren die Worte aus meinem Mund, musste ich denken: »Wartest du so auf Gott?« Nein. Die meiste Zeit war ich so beschäftigt, dass ich kaum dazu kam, meine Bibel aufzuschlagen. Ich konnte nicht *warten.* Bei mir musste Gott immer sofort zur Stelle sein, noch vor dem nächsten Termin.

Sunny wartete.

Er trat auch in den Hungerstreik. Am dritten Tag nach Peters Abreise setzte Sunny sich hin und wartete, als er merkte, dass sein Junge nicht die Treppe herunterkam. Und wartete. Dann weigerte er sich zu fressen. Sein Futter lag unberührt in seinem Napf. Ich setzte mich neben ihn auf den Boden und hielt ihm eine Handvoll Hundefutter hin. Der Hund würdigte mich keines Blickes. Er hatte den Kopf erhoben und starrte in die Ferne, als sei er wieder in der Hundeschule und dürfe das Fressen nicht bemerken.

Ich wurde besorgt. »Ist er böse auf uns? Böse auf Peter?«

Hudson dachte kurz nach. »Ich glaube, er traut uns nicht mehr. Vielleicht hat er Angst, dass wir alle weggehen und nicht wiederkommen.«

Ich fing schließlich an, mein Frühstück draußen auf der Gartenbank zu essen und Sunnys Napf neben mich auf den Boden zu stellen. Und siehe da, er kam und begann zu fressen, schaute aber alle paar Sekunden zu mir hoch, ob ich auch bestimmt nicht aufstehen und weggehen würde. Ich staunte über seine Beharrlichkeit. Ich wusste, dass Hunde treu waren, aber dass einer einen Hungerstreik begann, das hatte ich noch nie gehört. Ich war natürlich erleichtert, als er wieder fraß.

Wenn ich unseren Hund so geduldig in der Einfahrt sitzen sah, ging ich manchmal zu ihm. Ich kratzte ihn hinter den Ohren, so wie er es gern hatte, und bürstete ihm mit einem Hundekamm das Fell. Ich brachte ihm sogar den Rest von einem Steak und flüsterte: »Ich warte mit dir, Sunny. Ich weiß, warten ist schwer.«

Ich hatte einen Kloß im Hals, als ich das sagte. Warum bloß? Wahrscheinlich weil ich wusste, dass ich schon bald an Sunnys Stelle sein würde; ich würde auch warten und nicht wissen, wann ich Peter das nächste Mal sehen würde. Bei den Mädchen war es bereits so weit. Cara studierte und Fran war so mit ihrem letzten Schuljahr beschäftigt, dass sie kaum noch wusste, wo ihr Bett stand.

Ich versuchte, mich mit dem Gedanken zu trösten, dass Jungen wenigstens nach Hause kommen, wenn sie Hunger haben.

Gut, ich wusste, was Sunny nicht wusste: In dreieinhalb Wochen würde Peter zurückkommen mit einem Rucksack voll schmutziger Wäsche und einem Monat Abenteuer in seinem Geschichtengepäck. Das machte mir das Warten leichter.

Aber irgendwann in nicht allzu ferner Zukunft würden Sunny und ich zusammen warten, allein und einander Gesellschaft leistend. Irgendwann würde mein Nest leer sein.

Es war schwer, allein zu warten. Alleine malte man sich gerne den Super-GAU vor das innere Auge, bekam Angst, wurde müde. Aber Gott wusste das, und so schickte er uns, wenn wir wieder einmal in den Turbulenzen des Lebens saßen und warteten, oft einen Gefährten über den Weg, der uns Mut machte und mit uns wartete – so wie ich jetzt gerade mit Sunny wartete. Das machte die Sache erträglicher.

Ich saß auf der Eingangsveranda unseres Hauses, die Arme um Sunnys Kopf gelegt, und gab mich meinen Erinnerungen hin – wie ich die Hände meiner lieben Freunde umklammert hielt, während ich auf Neuigkeiten von Peters Unfall wartete; wie ich auf dem Sofa einer anderen Freundin saß und meine Angst über Peters Depression hinausschluchzte; wie ich meine Freundin in den Armen hielt, die den Tod ihres Sohnes beweinte; wie Hudson mir in die Augen sah, mein Gesicht sanft in seine Hände nahm und sagte: »Wir beide schaffen das, Schatz, jeden Tag neu.«

Ich vergrub mein Gesicht in Sunnys weichem Fell

und drückte ihn fester, dankbar, dass zwischen ihm und mir keine Worte nötig waren. Er saß dort, würdevoll wie immer, in seinen Augen eine unbekannte Weisheit. Ich fragte mich, was er wohl sehe, was er verstehe. Ich wünschte mir, in sein Hundegehirn schauen zu können, um zu sehen, wie es Peters Verschwinden verarbeitete.

Und während ich unseren Hund so beobachtete, lauschte ich in diesen halben Schmerz in meinem Herzen hinein und flüsterte laut: »Gott, ich möchte so auf dich warten, wie Sunny auf Peter wartet. Die Ohren hochgestellt, den Kopf erhoben, voller Erwartung. Er rechnet jeden Augenblick damit, dass sein Herr wiederkommt. Er ist bereit.«

Kapitel 23

Ich lag auf der Bank im Garten, döste und hob hin und wieder meinen Kopf, um zum Eichelhäher in dem kleinen Birnbaum hinzuschauen, als ich es hörte. Das Geräusch eines Autos, das die Einfahrt hinauffuhr, und dann eine Autotür, die sich öffnete und schloss. Ich hob meinen Kopf und neigte ihn leicht zur Seite. War da nicht noch etwas? Eine Stimme. *Seine* Stimme. Ich sprang von der Bank und sauste zur Hintertür des Hauses. Ich winselte und kratzte an ihr.

»Sunny! Sunny!« Ja, es war seine Stimme!

Die Hintertür ging auf und er packte mich und drückte mich und dann rollten wir beide im Gras und ich leckte sein Gesicht und wedelte mit dem Schwanz und legte meine Pfoten auf seine Brust und er lachte und lachte und lachte.

Mein Junge war zurückgekommen. Das Warten hatte sich gelohnt!

Aber nach diesem ersten Abenteuer ohne mich ging Mein Junge öfter fort. Ich wusste nie, wann ich ihn wiedersehen würde. An vielen Tagen kam er morgens wie früher die Treppe herunter und sah mich und kraulte mir den Bauch, wie nur er das konnte. Aber er schien nicht mehr so viel Zeit für mich zu haben. Wenn ich ihm meinen alten, zerkauten Lieblingsball brachte und vor die Füße legte, wollte er ihn nicht aufheben und quer durch den Garten werfen, sodass ich ihn holen könnte. Mein Junge war mit anderen Dingen beschäftigt. Selbst wenn er mich streichelte, schien er mit den Gedanken woanders zu sein. Die Menschen können sich nicht mit ihren Ohren ausdrücken, aber am Klang seiner Stimme und an der Art, wie er sich bewegte – so langsam und konzentriert –, merkte ich, dass er an etwas dachte, sich vielleicht sogar Sorgen machte oder traurig war.

Wenn ich ganz konzentriert an etwas dachte, etwa wenn ich ein Eichhörnchen oder einen Eichelhäher sah, blieb ich wie angewurzelt stehen, starrte auf das nichts ahnende Tier und bereitete meine Muskeln darauf vor, loszuspringen. Mein Junge machte es anders. Seine Augen schienen etwas durchbohren zu wollen, er wirkte abgelenkt. Es war gerade so, als ob er es sich nicht leisten könnte, mit seinem Hund zu spielen, weil es andere Dinge gab, die sehr wichtig waren.

Jetzt fuhr er dieses Ding, das die Menschen »Auto« nennen. Er brachte Freunde nach Hause, Mädchen und Jungen. Die Mädchen machten immer viel Getue um mich. Sie sagten: »Was für ein schöner Hund«, und streichelten und kämmten mich. Die Jungen spielten mit mir und schauten zu, wie ich die Bälle holte, die sie warfen. Manchmal übernachteten Peters Freunde im Haus; dann lagen sie zu viert oder fünft in ihren Schlafsäcken im Wohnzimmer. Wenn ich merkte, dass einer traurig war, legte ich mich neben ihn.

Ich mochte die Freunde Meines Jungen, aber ich vermisste die Stunden des Alleinseins nur mit ihm. Wie wir im Garten mit einem alten Hemd oder Ball Tauziehen spielten. Oder zusammen joggten und ich ihm half, wenn er müde wurde. Ich vermisste Meinen Jungen; ich wusste nie mehr genau, ob er morgens da sein würde.

Wenn er zu lange wegblieb, fraß ich nicht mehr. Wenn er wüsste, dass ich Hunger hatte, aber erst fressen würde, wenn er da wäre, würde er doch bestimmt schneller kommen. Aber das funktionierte nicht. Stattdessen machte die Gute Frau sich Sorgen – solche Sorgen, dass sie sich neben mich setzte und mich bat, ihr aus der Hand zu fressen. Nur wenn sie selber aß und sich dazu neben mich setzte, schlang ich mein Futter hinunter, denn dann merkte ich, dass wenigstens sie nicht wegging.

Wie ich den Geruch Meines Jungen liebte, selbst wenn er weit weg war. Die Gute Frau tat so, als ob sie die Gerüche nicht mochte – schmutzige Socken und Unterwäsche, Schweiß und getrockneten Lehm und Gras, das zerknüllte Bonbonpapier in seinen Jeanstaschen oder die uralten Tennisschuhe. Aber ich glaube, in Wirklichkeit mochte sie sie genauso wie ich, diese Gerüche, die nur er hatte, eine Mischung aus Lederhandschuhen und seinem Atem, getrocknetem Blut und Schweiß, Kartoffelchips und Schokolade, die zusammen Meinen Jungen ergab.

Kapitel 24

Sunny war sechs Jahre bei uns, als ich das erste Mal ein wenig Grau an seinem Maul und weiße Stellen in dem Rostbraun um seine Augen sah. Wir schätzten, dass er sieben Jahre alt war, was 49 Menschenjahren entsprach, womit zu meinem großen Erstaunen er und ich praktisch gleichaltrig waren. Nicht, dass Sunny es langsamer angehen ließ im Leben. Nach wie vor sauste er wie ein geölter Blitz durch den Garten, und wenn der Briefträger kam, schoss er unter wütendem Gebell zum Zaun, als ob ich in Lebensgefahr wäre.

Es war das Jahr, wo Peter uns verließ, um zu studieren, und den verstreuten Inhalt seines Zimmers in unseren kleinen Kombi packte. Wir würden ihn durch halb Amerika fahren müssen zu einem College im Mittleren Westen, wo er irgendetwas mit Zoologie studieren wollte. Sein Berufsziel war Tierarzt.

Peter ging fort. Nicht zelten oder in die Ferien; er ging aufs College. Wie sollten wir das Sunny erklären? *Ich* hatte ja schon meine Probleme, es zu verstehen.

An dem Tag, bevor er ging, nahm Peter Sunny noch einmal zum Joggen mit. Es war das erste Mal seit Monaten, so beschäftigt war Peter mit all dem gewesen, was mit dem Highschool-Abschluss und den College-Vorbereitungen zu tun hatte. Ich freute mich, als er die Leine an Sunnys Halsband befestigte und sich das andere Ende um die Hüften schlang und dort festhakte. Die Hundeschule damals hatte sich gelohnt; Peter konnte mit Sunny neben sich joggen und beide Hände frei haben dabei.

Vielleicht eine halbe Stunde später kamen sie zurück. Peter war verschwitzt; Sunnys Zunge hing heraus und seine Flanken hoben und senkten sich heftig. Peter sah besorgt aus. Als er den Hund von der Leine losmachte, lief dieser auf der Veranda vor der Haustür weiter auf und ab mit gehetztem Blick. Das Wasser aus dem Napf, den Peter vor ihn hinstellte, trank er nicht. Stattdessen sank er zu Boden und seine Zunge zuckte im Takt. Wir knieten uns beide neben ihn, aber sobald wir begannen, ihn zu streicheln, schüttelte er sich, als ob die Berührung ihm wehtue. Er rappelte sich auf und lief wieder hin und her.

»Ich weiß nicht, was mit ihm los ist, Mama«, sagte Peter. »Soll ich den Tierarzt anrufen?«

»Wie war er unterwegs?«

»Angefangen hat er wie immer; er hat mich gezogen. Aber so nach zwanzig Minuten, als wir zum Heartbreak Hill kamen, fiel er zurück und dann musste *ich* ihn fast ziehen. Erst hab ich ihn ein bisschen aufgezogen deswegen, aber dann hab ich gemerkt, dass er wirklich nicht mehr mithalten konnte.« Ein Schluchzer entfuhr meinem achtzehnjährigen Sohn, sein Mund zuckte bei dem Bemühen, sich zu beherrschen. »Wir sind diesmal ein bisschen langsamer gewesen, alter Junge, nicht wahr?«

Peter schöpfte etwas Wasser in seine Hände und hielt es dem Hund hin. Sunny leckte es auf, dann begann er, wieder ruhelos zu laufen.

»Ich glaube, er ist einfach nicht mehr der Jüngste«, sagte ich.

Peter kniff seine Augen zusammen, als wollte er sagen: »Kein Wort mehr«, dann wandte er sich dem Hund zu. Nach und nach wurde Sunnys Atem wieder normal, er leckte mehr Wasser und ließ sich auf einem sonnigen Fleck auf der Veranda nieder. Peter saß lange neben ihm, streichelte ihn, redete leise auf ihn ein. Ich holte die letzte Ladung von Peters Wäsche aus dem Trockner und rief Fran an, die mittlerweile zehn Minuten entfernt in einer Wohngemeinschaft mit Freundinnen hauste, um sie daran zu erinnern, Sunny zu füttern, während Hudson und ich Peter zu seinem College fahren würden.

Aber ich hatte einen dicken Kloß im Hals. Peter hatte sich so an seinen Hund gewöhnt. Die beiden waren unzertrennlich, auch wenn er Sunny nicht mehr so viel Zeit widmen konnte wie früher. An diesem Tag hatte mein Sohn wie nie zuvor etwas davon gespürt, dass sein vierbeiniger Freund sterblich war. Ich sah es in seinen Augen und es machte mir Angst.

Wir schrieben es zu einem Gutteil Sunnys Konto gut, dass Peter so selbstbewusst durch die Highschool gegangen war, bereit zu kämpfen, mit Augen voller Hoffnung und Humor. Ich glaube wirklich, dass dieses Jogging-Erlebnis Peter zwang, sich zum ersten Mal einzugestehen: »Mein Hund wird nicht immer da sein.«

Als es Mitternacht war, lag Peter immer noch neben Sunny auf der zerschlissenen Decke, die nach Hund roch. Unwillkürlich fragte ich mich: Wollte Peter vielleicht deswegen Tierarzt werden, um seinen Hund auf irgendeine Weise unsterblich machen zu können? Ein dummer Gedanke, aber er jagte mir einen Schauer über den Rücken.

Kapitel 25

Der Tag kam, wo ich beim Joggen nicht mehr mit Peter mithalten konnte. Ich versuchte es trotzdem, und wenn es mich umbringen würde. So sind wir Hunde nun mal. Selbst die Menschen wissen, dass wir treu sind.

Unsere gemeinsamen Joggingstunden waren mit das Schönste, was ich mit Meinem Jungen erlebte. Als wir anfingen mit diesen Wettrennen ins Blaue, kam Peter kaum mit mir mit, weil er so hinkte. Aber nach und nach wurde es besser. Peter wurde auch größer, fast so groß wie der Große Mann, obwohl er so dünn blieb wie die Äste an dem kleinen Birnbaum im Garten. Bald rannten wir einträchtig nebeneinanderher diesen ganzen steilen Hügel hoch, als ob das nichts wäre. Und diese Gerüche von allen Seiten, die mich immer wieder lockten, voranzulaufen oder zurückzubleiben! Manchmal erlaubte Mein Junge mir, anzuhalten, zu schnüffeln und mein Territorium zu markieren. Wir kamen jedes Mal keuchend, aber zufrieden zurück von diesen Ausflügen in die Natur. Ich merkte es, wenn Mein Junge sich so richtig freute.

Nach dem Abenteuer mit dem Bären wurde Mein Junge selbstbewusster und entschlossener. Er wurde auch stärker, sodass die Joggingstrecken länger wurden. Unsere Laufausflüge waren das reinste Paradies für mich – so sollte es bei jedem Jungen und seinem Hund sein!

Ich zitterte jedes Mal vor Aufregung, wenn Mein Junge mit der Leine in der Hand in den Garten kam und sich zu mir bückte und fragte, ob ich mitwolle. Er hatte dann diesen besonderen Unterton in der Stimme und seine Augen glänzten auf jene neckische Art, die ich so mochte. Ob ich mitwollte? Was für eine Frage! *Jaul, jaul, jaul* – ja, ja, ja! *Wedel, wedel, wedel.*

Aber dann merkte ich eines Tages, dass ich nicht mehr mit ihm mithalten konnte. Wir hatten lange nicht mehr miteinander gejoggt. Ich strengte mich an, wirklich. Ich glaube, Mein Junge verstand nicht, was mit mir war. Er war so frisch wie das Brot, das die Gute Frau in ihrem Ofen backte, aber ich war müde und ich merkte, wie die Leine, die von meinem Halsband zur Taille Meines Jungen ging, immer straffer wurde. Er wurde schließlich langsamer und redete beruhigend auf mich ein. Er blieb stehen und wartete, bis ich bei ihm war. Aber ich war traurig. Ich konnte nicht mehr mit Meinem Jungen mithalten – was für eine Schande! Ich war dankbar, als wir wieder zu Hause waren, aber mein Herz raste und stolperte weiter und mein Instinkt sagte mir, dass ich immer weiterlaufen müsse.

In dieser Nacht blieb mein Junge bei mir und schlief auf meinem Bett, so wie ganz früher.

Aber ich glaube, ich hatte Meinen Jungen enttäuscht, denn am nächsten Morgen ging er fort. Sie fuhren alle fort in einem Auto, das vollgestopft war mit den Sachen, die die Menschen brauchen. Ich stand am Tor in dem Zaun und sah ihnen hinterher.

Aber ich würde auf sie warten – auf *ihn* warten, bis er wiederkäme. Ich hatte ja schon öfter gewartet. Auch wenn er vielleicht enttäuscht war, ich kannte Meinen Jungen. Er liebte mich und er wusste, dass ich ihn nie im Stich lassen würde.

Kapitel 26

Es war ein bittersüßes Nachhausekommen, als wir Peter im College abgeliefert hatten. Meine Tage waren eine Mischung aus Tränen und Lachen, Wissen und Fragen, Kraft und Erschöpfung. Ich stand auf der Veranda vor der Haustür und schaute auf den grünen Rasen des Vorgartens. Die Luft roch eine Spur nach Herbst, das Laub der Bäume war regennass. Ich schrubbte und saugte das Haus, wischte Staub, räumte auf, bereitete mich auf den nächsten Arbeitstag in der Bibliothek vor. Der Alltag hatte mich wieder.

Aber mein Herz war schwer. Ich vermisste Peter und dann vermisste ich auch die Mädchen wieder. Ich hatte gedacht, dass es beim dritten Mal sozusagen eine alte Gewohnheit wäre, die Siebensachen des nächsten Kindes zu packen und es ins Studium zu entlassen und zu wissen, dass es so richtig war. Und vielleicht hatte ich mich auch daran gewöhnt, aber leichter als die ersten Male fiel es mir nicht. Peters Stimme im Telefon klang so zerbrechlich und, ja, einsam. Auch ich fühlte mich einsam, so als ob niemand außer mir wüsste, wie das war, ein Kind in die Fremde zu entlassen. Meine Freundinnen versuchten, mich aufzumuntern, aber sie hatten ja noch Kinder zu Hause.

Hudson schien mit dem leeren Nest besser zurechtzukommen als ich. Er hielt sich das Grübeln mit seiner

Arbeit vom Leib. Cara und ich sprachen jede Woche miteinander. Sie hatte einen anspruchsvollen Chef und eine potenzielle Romanze und plötzlich hatte sie das Bedürfnis, mit mir zu reden, ja mich um Rat zu fragen! Aber sie wohnte zweihundert Meilen entfernt. Auch Fran rief mich an, wenn sie ein paar freie Minuten hatte und nicht auf den nächsten Ball oder zum nächsten Dinner zu zweit musste oder ausnahmsweise zu lernen hatte. Ich unterhielt mich mit meinen Mädchen über ihr Leben, und wenn wir auflegten, sagten sie rasch: »Alles Gute, Mama!«

Ich fühlte mich festgefahren in meinem alten Leben und wollte so gerne zu ihrem Leben gehören – und wusste doch, dass ich mich nicht einmischen konnte, ja durfte. Sorge, warte, bete. Sorge weniger, bete mehr.

Eines Tages, als ich gerade von der Bücherei zurück war und überlegte, was ich zum Abendessen machen sollte, begann Sunny, ganz aufgeregt zu bellen, und ich dachte: »Peter ist da!« Und dann erinnerte ich mich, dass er ja zehn Autostunden entfernt in seinem College war.

Ich spulte meine Hausarbeit ab. Ich lud die Wäsche aus der Waschmaschine in den Trockner um. Es war die erste Waschtrommel der Woche und sie enthielt acht Paar Unterwäsche von Hudson und sieben von mir, mehrere von Hudsons T-Shirts und ein paar Socken, aber keine von diesen wunderbaren Teenagerjungen-Kleidungsstücken, die noch vor wenigen Wochen im halben Haus herumgelegen hatten. Ich fuhr zum Supermarkt und überging die Regale mit Plätzchen und

Cornflakes und anderen Jungensachen. Ich gab zehn Dollar für ein Päckchen an Peter aus, rief seine Telefonnummer an (es nahm niemand ab) und immer wieder kam wie aus heiterem Himmel dieser hohle Schmerz, die Leere des Vermissens. Was vermisste ich?

Meine Kinder. Peter.

Mochte der Trott der Tage nicht viel anders sein als früher – in den Nächten musste ich unweigerlich an Peter denken. Er brauchte doch ein gutes Abendessen, er brauchte sauber gefaltete Kleider, er brauchte jemand, der fragte, ob er seine Hausaufgaben schon gemacht habe, jemand, mit dem er reden oder der ihm am Rücken kratzen konnte, und jetzt war er nicht da. Es war schwer.

Und als ob dies noch nicht genug gewesen wäre, bekam ich plötzlich Hitzewallungen. Mitten in der Nacht wachte ich auf und war schweißnass. Mein Gehirn schien über Nacht zu Mus geworden zu sein. Ich vergaß die Telefonnummer eines Verlags, den ich jeden Monat anrief. Ich verlegte meine Schlüssel und fand sie im Kühlschrank wieder. In einer Woche passierte es mir zwei Mal, dass ich mit einem Buch in der Hand in einem Gang der Bibliothek stand und nicht mehr wusste, was ich suchte.

Hudson zog mich gutmütig auf. Ich war nicht so gutmütig. Ich heulte leicht und schrie ihn an – etwas, was ich in unseren 24 Ehejahren höchst selten gemacht hatte. Er lernte es rasch, mich nicht mehr aufzuziehen und nur noch auf Zehenspitzen zu gehen, wenn ich in der Nähe war.

Aber Sunny war da. Er freute sich, wenn ich da war, er folgte mir überallhin, er holte den Ball, wenn ich nach draußen ging, weil die nächste Depression an die Tür klopfte. Ich warf den uralten Baseball und ließ die Tränen über mein Gesicht laufen, als Sunny durch den Garten sauste, um ihn zurückzuholen. Seine Mätzchen, so schlicht, aber heftig und voller Freude, ließen mich lächeln, ja lachen und wieder an das Leben denken.

Sunny wartete auf Peter, aber in der Zwischenzeit schien er gerne mit mir vorliebzunehmen.

Kapitel 27

Die Gute Frau schien empfindlicher zu sein als sonst. Ihre Kinder – die Mädchen und Mein Junge – waren alle fort. Sie und der Große Mann gingen nach wie vor morgens aus dem Haus. Sie kam am Nachmittag zurück, er am Abend. Die Gute Frau roch nach Einsamkeit. Sie war keine faule Frau. Sie malte oder arbeitete in ihrem Büro, wo sie vor einem großen Kasten saß und mit den Fingern auf kleine, schwarze Rechtecke tippte. Sie backte auch, sodass verführerische Gerüche durch das ganze Haus zogen. Sie hatte immer zu tun, aber sie war traurig.

Eines Tages bekam sie einen Brief. Ich warnte sie immer, wenn der Briefmann auf seinem Motorrad ankam und Sachen in den Kasten an der Auffahrt schob. Der Briefmann war eigentlich ganz freundlich, aber es machte mir Spaß, ihn anzubellen.

An diesem Tag hielt sie den Brief in der Hand und begann zu weinen. Das Wasser schoss ihr aus den Augen. Sie setzte sich auf die Bank im Garten und ich sprang darauf und setzte mich neben sie. Sie schimpfte mich nicht aus. Als ich meinen Kopf auf ihren Schoß legte, roch ich etwas Wunderbares. Meinen Jungen! Das Papier, das sie in ihren Händen hielt, roch nach Meinem Jungen.

Ich wollte ihr sagen, dass sie nicht traurig zu sein brauche, dass dies ein gutes Zeichen sei. Doch sie weinte.

Kapitel 28

Der Rasen war gemäht und die letzten Petunien streckten ihre rosa und purpurroten Köpfe aus dem Terrakottatopf an der Wand. Die gelben Beeren am großen Baum verkündeten den Herbst, ebenso die (bis jetzt nur wenigen) gelben Blätter. Drei Birnen von unserem Birnbaum lagen auf der grünen Bank, auf der Sunny lag und schlief. Hudson und ich gingen daran, das Schlafzimmer im Erdgeschoss neu zu streichen. Er hatte gemeint, dass ich damit auf andere Gedanken kommen würde, und ich hatte das auch so gesehen.

Und so kam ich nach und nach wieder zurück »nach Hause« und fand Trost in den kleinen Dingen. Die dunklen Grübeleien über meinen Ort im leeren Nest wurden weniger. Meine Hitzewallungen nicht. Freundinnen kamen und tauschten sich mit mir über Wechseljahre und leere Nester aus und ich lernte die nächste Wahrheit über den Gang der Jahreszeiten in meinem Leben kennen. Als introvertierter Mensch brauchte ich Zeit für mich selber, um neu aufzutanken und zu mir zu finden, aber wenn ich zu viel allein war, trocknete ich innerlich aus. Ich brauchte auch das Miteinander mit anderen Menschen als Erinnerung daran, dass Gott auf die sündenbefleckte Leinwand dieser Welt die wunderbaren Farben der Gemeinschaft gemalt hatte.

Das leere Nest war eine emotionale Achterbahn für mich. Ich lernte es, mich auf die Veränderungen einzustellen, aber meine Gefühle hinkten dabei manchmal weit hinterher. Wieder und wieder spürte ich, wie Gott meine Hand öffnete. Ich sah, wie verzweifelt ich wollte, dass es meinen Lieben »gut gehe«, wie ich sie beschützen und behüten und, ja, kontrollieren wollte. Auch Peter.

Es war schwieriger, sein Leben zu kontrollieren, wenn er Tausende von Meilen entfernt war. Ich betete: »Herr, hilf mir, das zu sein, was er jetzt braucht – eine Mutter, die für ihn betet und ihm Mut macht und ihn flügge sein lässt, auch wenn er dabei hin und wieder auf die Nase fällt.«

Aber es war schwer! Ich wollte ihm doch helfen, sein Leben zu organisieren. Cara und Fran hatten ein gewisses Organisationstalent. Peter nicht. Als er mir am Telefon erzählte, dass er gerade versuchte, in die Fußballmannschaft und den College-Chor zu kommen, hörte ich, wie diese Verunsicherung in seine Stimme kroch. Ich wollte ihm so gerne helfen, aber alles, was ich konnte, war zuhören und beten und ihm den nächsten Brief schreiben auf dem schönen Briefpapier, das ich gekauft hatte.

Manchmal wäre ich am liebsten zu ihm geflogen, um ihm und den anderen einsamen Jungen, die dort im Studentenheim saßen und Heimweh hatten, ein Fest zu geben. Aber er brauchte keine »Retter-Mama«.

Er bekam schließlich Freunde, und seine Stimme wurde wieder selbstbewusster und positiver. Er fragte jedes Mal, wie es Hudson und mir gehe, aber das war nur Höflichkeit. Was er wirklich wissen wollte bei jedem Telefonat, war: »Was macht Sunny?«

Kapitel 29

Mein Junge kam lange, lange nicht nach Hause. Ich verbrachte meine Tage im Haus und im Garten und folgte der Guten Frau auf den Fersen. Bald nachdem Peter wieder gegangen war, geschah etwas Merkwürdiges im Vorgarten. Ich hatte dort nie alleine spielen dürfen. Jetzt kniete die Gute Frau sich hin und befestigte etwas an meinem Halsband. Ich dachte, sie wollte mit mir spazieren gehen, und fing an, zu bellen und zu wedeln. Aber sie machte keine Leine an mir fest. Dann führte der Große Mann mich zum Rand des Vorgartens und sagte: »Sitz!« Darauf gingen er und die Gute Frau auf die Straße. Ich wollte natürlich mit und rannte los, aber irgendetwas, was ich weder sah und noch roch, aber fühlte, hielt mich zurück. Wenn ich der Straße oder dem Nachbargarten zu nahe kam, spürte ich ein schreckliches Ziehen am Hals, dass ich vor Schmerzen aufheulte. Die Gute Frau kam zu mir und versuchte, mir etwas zu erklären. Ich verstand nichts, aber ich lernte es schnell, brav im Vorgarten zu bleiben, auch wenn Meine Menschen fortgingen.

Ich genoss den Vorgarten und all das Neue, das er brachte. Ich jagte die Eichhörnchen, die aus den Bäumen auf den Boden sprangen, manchmal sogar ein Backenhörnchen. Ich unterhielt mich auch mit Bucky, dem alten Golden Retriever von nebenan. Er war ebenfalls an so einem unsichtbaren Ding festgemacht. Ansonsten lag ich in der Sonne und schnappte nach Fliegen und wartete auf die Gute Frau. Oder ich hob meine Schnauze in die Luft, schnüffelte und stellte mir vor, dass Mein Junge neben mir stünde. Ich fand einen Baseball, den ich vor langer, langer Zeit, als Mein Junge mich im Vorgarten hatte spielen lassen, vergraben hatte, und nagte an ihm, während ich an Meinen Jungen dachte.

An einem warmen Tag, als die Osterglocken und die Tulpen verwelkt waren und der ganze Garten nach Geißblatt roch, schlief ich gerade auf der Veranda, als ich hörte, wie ein Auto die Straße heraufkam und in die Einfahrt einbog. Ich neigte den Kopf ein wenig zur Seite, damit ich mich besser auf das Geräusch konzentrieren konnte. Dann sah ich es. Das Auto kannte ich doch! Jetzt kam die Gute Frau lebhaft redend aus dem Haus. Ich sprang auf und bellte in dem hellen Ton, den ich immer benutze, wenn ich besonders aufgeregt bin. Ich sauste zu dem Auto und da stieg auch schon mein Junge aus und ich legte meine Vorderpfoten an seine Brust. Er lachte und sagte den Namen, den er immer für mich benutzte: »Sunny!«

Er war wieder da! Und wieder verbrachten wir unsere Tage gemeinsam. Morgens kam Mein Junge wieder die Treppe herunter und kratzte mir mit seinem Fuß den Bauch. Wir rangelten auf dem frisch gemähten Rasen und er saß neben mir auf der Bank, streichelte mir mit seiner großen Hand über den Rücken und redete sanft mit mir. Mein Junge war in der Fremde selbstbewusster geworden. Ich legte meinen Kopf auf seinen Schoß und genoss einfach seine Zuwendung. Ich wusste nicht, wo er gewesen war, aber ich freute mich, dass er wieder da war.

Kapitel 30

Peters erste Sommerferien während seines Studiums waren wie ein gemütliches Picknick mit viel Lachen und gutem Essen. Der Junge und sein Hund verhielten sich, als ob Sunny nicht schon sieben Jahre bei uns wäre, sondern erst sieben Monate. Peter hatte sich richtig reingekniet in sein erstes Studienjahr und würde bald das eigentliche Tierarztstudium beginnen können. Er war selbstbewusster geworden und gleichzeitig gütiger – Letzteres eine Eigenschaft, die er gegenüber Sunny schon immer gezeigt hatte, aber weniger uns gegenüber. Er sprach mit Begeisterung davon, Tierarzt zu werden, obwohl dies noch Jahre entfernt war.

»Gib Sunny keine Essensreste, Mama!«, sagte er. »Und geh mindestens dreimal in der Woche mit ihm spazieren. Er ist ziemlich fit, aber er darf nicht zunehmen.«

Als Peter uns wieder verließ, um sein zweites Studienjahr zu beginnen, fielen Hudson, Sunny und ich wieder in unsere alte Routine zurück. Ich versuchte, Peters Anweisungen zu befolgen und Sunny auszuführen und ihm nur das beste Hundefutter zu geben, aber es ließ sich nicht leugnen: Er wurde älter. Das Haar um seine Augen und Schnauze war jetzt grauweiß und er war dabei, auf einem Auge blind zu werden. Er konnte nicht mehr hochspringen, um einen Socken herunterzuholen, den Hudson an einen Zweig des Birnbaums gehängt hatte, und während er früher mit einem einzigen Satz in den Kofferraum unseres Autos gelangt war, schaffte er das jetzt erst beim zweiten oder dritten Versuch. Fast sah er dann verlegen aus, als wollte er sagen: »Es tut mir so leid. Ich weiß, dass es dumm ist, aber mein Körper gehorcht mir nicht mehr so wie früher.«

Ich konnte ihm das gut nachfühlen. Ich wusste, dass Hunde siebenmal so schnell altern wie Menschen, aber allmählich hatte ich den Eindruck, dass ich dabei war, Sunny einzuholen. Als ich eines Tages wieder in den Spiegel sah, staunte ich, wie viele graue Haare ich hatte. Mit Strähnchen ließen sie sich nicht mehr verdecken und ich ließ mir beim Friseur einen Termin zum Färben geben. Sunny war es natürlich nicht halb so wichtig, wie er aussah, obwohl er sich gerne sauber leckte – oft bei den unpassendsten Gelegenheiten, zum Beispiel wenn Hudson gerade das Tischgebet sprach und Gäste dabeisaßen.

Wir waren beide etwas rundlicher geworden, Sunny und ich. Ja, wir machten unsere Spaziergänge und achteten darauf, was wir aßen. Ich machte seine Portionen kleiner und gab ihm absolut nichts von unserem Essen, wie Dr. Tyler, der Tierarzt, und Peter es angeordnet hatten. Aber irgendwie schien das Zunehmen zum Altern dazuzugehören. Da saß Sunny und sah mich mit hungrig-bittenden Augen an. Wenn ich das Essen kochte, wich er nicht von meiner Seite, immer auf den nächsten Krümel hoffend, der zu Boden fiel, wo er ihn als treuer Staubsauger aufschnappte.

Wie dankbar war ich, dass Sunny mir Gesellschaft leistete, jetzt, wo die Kinder fort waren und Hudson mehr unterwegs sein musste als je zuvor. Den ganzen Tag wich Sunny nicht von meiner Seite. Wenn ich die nächste Hitzewallung bekam und nach draußen flüchtete, ging er treu mit. Auf Schritt und Tritt folgte er mir.

Ja, wir wurden älter, aber wenigstens beide gleichzeitig. Ich fragte mich allmählich, wie lange Sunny noch bei uns sein würde. Hunde waren ja nicht unsterblich. Als Kind war ich jedes Mal, wenn eines unserer vielen Tiere verendete, buchstäblich krank geworden. Ein Leben ohne Sunny konnte ich mir nicht vorstellen!

Ich hatte mir auch nie vorstellen können, dass ich eines Tages einsam sein würde; ich hatte doch so viel zu tun. Aber das leere Nest war nicht einfach. Hudson und ich hatten in all den Jahren stets versucht, die Kommunikationskanäle offen zu halten. Wir hatten miteinander geredet, wir hatten uns geliebt. Wir *mochten* sogar einander immer noch, was man nicht von allen befreundeten Ehepaaren sagen konnte. Aber Hudson war oft fort und ich *war* einsam.

Ich wusste, dass Sunny Peter vermisste, aber er schien auch mit mir zufrieden zu sein. Darüber musste ich nachdenken! In den letzten acht Jahren hatte ich durch unseren Hund so viel über Gott gelernt. Verrückt, aber wahr. Und was ich durch ihn jetzt, wo ich über mein leeres Nest trauerte, lernte, war dieses: dass Sunny auf Peter wartete, aber dass er sich während dieses Wartens trotzdem seines Lebens freute.

Da lag er im Gras, die Ohren unten, die Augen geschlossen, und döste. Plötzlich hörte er ein Geräusch, und seine Ohren hoben sich horchend. Dann kam der Postbote und Sunny sprang auf die Füße und raste laut bellend zum Zaun, um mich zu »beschützen«. Danach trottete er zurück zu seinem Fleckchen in der Sonne und döste weiter. Er war zufrieden.

Und er folgte mir überallhin und auch das war in Ordnung. Er wollte einfach bei mir sein. Ich hatte nicht den Eindruck, dass er traurig oder deprimiert war. Er tat einfach instinktiv das, was er zu tun hatte.

So musste ich es auch machen! Auf meine Kinder warten und darauf, dass Gott mir den nächsten Schritt in meinem Leben zeigte – und solange zufrieden und gehorsam sein und das tun, was Gott mir bereits gezeigt hatte.

Kapitel 31

Oft fuhr Mein Junge genau dann, wenn die Brombeeren reif und die Felder hinter dem Haus immer gelber wurden und es nach Weizen und dem Ende des Sommers roch, in seinem Auto fort. Ich hatte gelernt, dies als Zeichen dafür zu sehen, dass er lange weg sein würde. Da wurden Taschen und Koffer aus dem ersten Stock nach unten in den Flur und auf die Veranda getragen. Dann wurde der Kofferraum des Autos geöffnet und die Koffer darin verstaut. Ich hatte jedes Mal Lust, ebenfalls in den Kofferraum zu springen wie damals, als Peter das erste Mal weggefahren war, aber das schaffte mein Körper nicht mehr, und so saß ich einfach neben dem Auto und sah Meinen Jungen an. Ich stand auf und lief hin und her, dann legte ich mich wieder hin. Ich war nervös, wenn die Menschen mit diesen Koffern fortfuhren, vor allem, wenn ich *seine* Koffer roch. Ich trottete auf der Veranda hin und her, setzte mich, stand wieder auf, hielt meine Nase in den Wind. Mein Junge fuhr immer dann, wenn die Sonne am Tag noch das Gras backte, wenn die Blätter noch an den Bäumen zitterten und die Schmetterlinge noch auf den Büschen landeten, bis ich sie wegjagte. Das war die Zeit, wenn er ging.

Er hockte sich neben mich und umarmte mich und ich glaube, seine Augen waren nass. Er sprach leise zu mir. Er saß da und streichelte mich und ich wollte so gerne wieder mitfahren und ihn beschützen und das nächste Abenteuer mit Meinem Jungen bestehen.

Aber auf diese Reise konnte ich nicht mit. Und so versprach ich ihm mit meinen Augen, dass ich hier auf ihn warten würde. So lange, bis er das nächste Mal wiederkommen würde.

Kapitel 32

Fast jeden Tag ging die Gute Frau mit mir spazieren. Manchmal, wenn die Sonne schon fort und die Luft dunkel war, ging der Große Mann mit, aber meistens war ich mit ihr allein. Die Gute Frau war nicht so stark wie Mein Junge oder der Große Mann, und so lief ich oft voraus und zog sie mit, zum Beispiel wenn ich einen Busch oder Baum oder Briefkasten roch, den Bucky oder ein anderer Hund markiert hatte und wo ich jetzt natürlich meine Visitenkarte hinterlassen musste, damit die anderen Hunde wüssten, dass ich da gewesen war. Und wenn ich ein Eichhörnchen sah, das wie erstarrt auf einem Baum saß und mit hämmerndem Herzen zu mir nach unten schaute, wedelte ich mit dem Schwanz und riss heftig an der Leine.

Die Gute Frau ging gerne eine bestimmte Straße mit mir entlang, die zu einem Park führte. Manchmal war der Park voll anderer Hunde und dann machte sie mich los, damit ich mit ihnen spielen konnte. Hin und wieder fühlte ich mich von einem anderen Rüden bedroht und versuchte, ihn anzugreifen, was die Gute Frau jedes Mal erschreckte. Deshalb hielt sie mich manchmal im Park angeleint.

An diesem Tag sah ich mehrere Hunde am anderen Ende des Parks. Als ich sie witterte, winselte ich, um der

Guten Frau zu zeigen, dass wir vorsichtig sein müssten. Ich zog an der Leine, um mich loszumachen und auf die Fremden zuzulaufen. Ich bellte und riss fester. Ich merkte, dass die Gute Frau Angst bekam, als sie sah, dass die drei Hunde auf uns zukamen. Ein Schäferhund, ein Dobermann und ein Terrier. Alle drei nicht angeleint, alle drei Rüden, und sie liefen genau auf mich zu!

Die Gute Frau rief etwas zu dem Mann, der hinter den Hunden herrannte und ihnen wie verrückt »Halt!« zuschrie. Aber der Schäferhund, der noch jung war, kam immer näher; sein Schwanz wedelte zögerlich. Ich zeigte meine Zähne und knurrte, dann machte ich einen Satz nach vorne, um ihm zu zeigen, dass ich entschlossen war, die Gute Frau und mich selber zu beschützen. Er kümmerte sich nicht darum, sondern kam auf mich zu.

Davor hatte ich immer schreckliche Angst gehabt, fast noch mehr als vor dem Geruch des Bösen Mannes – an der Leine zu sein, während ein anderer Rüde frei lief und mich bedrohte.

Mein Schwanz stellte sich auf und mein Rückenfell sträubte sich. Ich knurrte heftiger; er wich nicht zurück. Ich riss mich von der Guten Frau los, stürzte mich auf den Schäferhund und packte ihn an der Kehle. Er jaulte auf, schüttelte sich frei und ging auf mich los. Ich hörte, wie die Gute Frau mir etwas zuschrie und heftig an der Leine riss, aber was kümmerten mich Halsbänder und Leinen, wenn ich mich selbst und andere beschützen musste? Jetzt stürzten sich auch der Dobermann und der Terrier auf mich. Ich wusste, dass diese drei Hunde zusammen mir den Garaus machen könnten, aber die Angst trieb mich an, und als der Besitzer der Hunde endlich eintraf, war ich mitten in einem Kampf auf Leben und Tod mit den drei Rüden.

Diese Hunde verstanden zu kämpfen.

Ich zielte wieder auf die Kehle des Schäferhundes. Ich verfehlte sie, aber grub meine Zähne in seine Flanke und schmeckte sein Blut. Er heulte und zitterte und sprang zurück, dann ging er knurrend erneut auf mich los. Er warf mich zu Boden und dann kam der Dobermann. Ich spürte einen furchtbaren Schmerz und wusste: Jetzt schmeckten meine Gegner mein Blut. Wir wälzten uns auf dem Boden, unsere strampelnden Beine verhedderten sich in der Leine. Dann packten die anderen Hunde wieder meine Kehle, und ihre Zähne bissen zu und ich sank hin ...

Kapitel 33

Sunny mochte älter geworden sein, aber gelassener wurde er nicht. Neurotischer Hund. Aber was überraschte mich das? Wenn Menschen als Kinder misshandelt wurden, ist ihr Leben für immer gezeichnet. Ich glaube, Sunny hatte seelische Narben infolge irgendwelcher Dinge, die er als Welpe erlitten hatte. Sein ganzes Leben lang fühlte er sich durch fremde Männer und fremde Hunde bedroht.

Peter war in seinem letzten College-Jahr, als Sunny seinen schlimmsten Kampf hatte. Ich ging mit ihm im Park spazieren, als ich seine altbekannten Angstsignale sah: Sein roter Schwanz zeigte steil nach oben, fast wie der eines Hahns. Er winselte, dann knurrte er und begann, hysterisch zu bellen, während er wie verrückt an der Leine zog. Ein junger Schäferhund – Schwanz in die Höhe, aber wedelnd – näherte sich uns, gefolgt von einem Dobermann und einem Foxterrier. Alle drei Rüden und ohne Leine, und ihr Besitzer kam gerade aus weiter Ferne über die Wiese gerannt und schrie: »Rocco! Bailey! Daisy!«

»Mein Hund greift ihn gleich an!«, schrie ich zurück. Ich packte Sunny am Halsband. »Ist ja gut, Junge. Fuß! Platz!«

Aber die anderen Hunde hatten jetzt auch die Gefahr gewittert. Sie blieben steifbeinig stehen, jaulten unschlüssig und umrundeten Sunny, während ich versuchte, ihn wegzuziehen. Dann schoss Sunny auf den Schäferhund zu und schon war der schönste Kampf im Gang. Er schien Stunden zu dauern, obwohl es eher ein, zwei Minuten waren, bis der andere Hundehalter, ein junger Mann, Sunny an der Schnauze packte und von seinen eigenen Hunden wegzog. Als wir sie endlich getrennt hatten, waren der Terrier und der Dobermann unversehrt. Der Schäferhund blutete, wo Sunny ihn gebissen hatte, war aber nicht ernstlich verletzt.

Sunny jedoch hatte eine klaffende Wunde am Hals und eine zweite am Auge. Mein Magen wollte sich zuschnüren, als ich seine Verletzungen inspizierte, während er winselnd am Boden lag. Ich murmelte ein Gebet: »Lieber Herr, bitte hilf ihm, hilf uns!«

Ich zog meinen Pullover aus und versuchte, damit die Blutung zu stillen. Eine Frau, die die Szene mitbekommen hatte, bot mir an, mich zum Tierarzt zu fahren, da mein Auto ja eine halbe Meile entfernt in unserer Garageneinfahrt stand. Dass Sunny mit mir zurück nach Hause laufen konnte, daran war nicht zu denken.

Ich saß auf der Rücksitzbank und hielt seinen Kopf auf meinem Schoß, während die Frau mich zu Dr. Tyler fuhr. Die Wunde über Sunnys rechtem Auge war tief und er hielt es geschlossen, aber mit seinem linken sah er mich an. »Verrückter alter Hund! Hast du nicht gesehen, dass es drei gegen einen waren? Was hast du jetzt davon?« Ich kämpfte mit den Tränen, mir war speiübel. Hudson und ich hatten uns einmal darüber unterhalten, wie wir uns verhalten sollten, wenn Sunny eingeschläfert werden müsste. Und wichtiger noch: Wie würde Peter sich verhalten? Jetzt war es womöglich so weit.

Wir waren mit Dr. Tyler per Du. »Lanie«, sagte er, »dein Hund hat viel Blut verloren. Die Wunde über dem Auge kann ich so nähen, aber den Hals müsste ich operieren.«

Die Operation würde 2.000 Dollar kosten; die Erfolgschancen lagen bei 50 Prozent.

Ich musste eine Entscheidung treffen: 2000 Dollar für Sunny ausgeben oder ihn vom Tierarzt einschläfern lassen.

Ich rief Hudson in seinem Büro an und erzählte ihm schluchzend die Geschichte. Er dachte kurz nach und sagte dann: »Ich glaube, wir wissen, was das Richtige ist, Schatz, aber erst musst du mit Peter reden.«

Beim dritten Versuch bekam ich Peter ans Telefon. Mit einem Kloß im Hals berichtete ich ihm alles. »Ich bin nicht sicher, ob er es schaffen wird, selbst mit der Operation, Peter. Dein Vater und ich finden, das Barmherzigste wäre, ihn einschläfern zu lassen.«

Langes Schweigen. Dann sagte Peter: »Sag Dr. Tyler, er soll ihn operieren, und ich bezahl's. Ich hab ein paar Ersparnisse, Mama.« Seine Stimme klang verzweifelt. »Ich komme sofort, heute Abend noch. Ihr könnt ihn nicht einschläfern lassen, er schafft das.«

Peter sprang in sein Auto und fuhr zehn Stunden direkt zum Tierarzt. Um zwei Uhr morgens kam er an.

Sunny überstand die dreistündige Operation. Dr. Tyler blieb bei ihm in der Klinik, bis Peter kam. Ich werde nie Dr. Tylers Worte vergessen: »Sunny war noch halb betäubt und so bandagiert, dass er sich kaum bewegen konnte, aber als er Peter sah, fing er an, zu bellen und mit dem Schwanz zu wedeln, und seine Augen wurden wieder lebendig. Ich weiß nicht, ob ich jemals einen Hund erlebt habe, der seinen Herrn mehr geliebt hat.«

Dr. Tyler holte seinen wohlverdienten Schlaf nach, während Peter in der Klinik blieb, Sunnys Kopf auf seinem Schoß. Am Morgen versicherte der Tierarzt uns, dass Sunny es schaffen würde, wenn auch mit hässlichen Narben an Kopf und Kehle. Damit gaben wir uns gern zufrieden.

Peter bezahlte die Rechnung mit dem Geld, das er im Sommer verdient hatte und das eigentlich für sein Veterinärmedizinstudium gedacht gewesen war. Ich bot ihm einen Zuschuss an, worauf er mich mit seinen dunklen Augen ansah und sagte: »Mama, ich will Tierarzt werden. Was soll das, wenn ich noch nicht mal meinen eigenen Hund retten kann? Außerdem hat er mir zuerst das Leben gerettet, damals, als ich noch gar nicht dachte, dass es lebenswert sei. Für Sunny ist mir nichts zu teuer.«

»Das weiß ich doch, Junge«, sagte ich. Ich wusste es wirklich.

Kapitel 34

Nach dem Kampf kam Peter, um mich zu pflegen. In der Klinik hielt er mich auf seinem Schoß, wechselte meine Verbände und fütterte mich. Als ich zurück ins Haus kam, war ich zu schwach, um zu stehen, und so setzten wir uns zusammen auf die Bank. Er hielt mir den alten Baseball hin und ich nagte an ihm. Abends holte er seinen alten Schlafsack – den, der noch nach Abenteuern im Wald roch – und schlief neben mir auf dem Fußboden neben der Treppe. Er legte den Rucksack, den die Bärin aufgerissen hatte, zwischen uns und in der Nacht langte er immer wieder hinein und zog etwas heraus – einen Lappen, um Blut abzuwischen, das durch meine Verbände gesickert war, einen kleinen Hundekuchen oder ein kühles Tuch, mit dem er mir das Gesicht benetzte.

Als er wieder ging, hatte er Wasser in den Augen und seine Stimme war so komisch rau wie immer, wenn er traurig war. Ich versuchte, mit dem Schwanz zu wedeln, um ihn zu beruhigen. Ich hatte mich daran gewöhnt, dass er wegfuhr. Ich mochte es immer noch nicht, aber ich wusste ja, dass er wiederkommen würde, und das machte das Warten erträglich.

Ich war noch nicht vollständig wiederhergestellt, als Peter ging, und so blieb die Gute Frau morgens zu Hause und sorgte fast so gut wie Peter für mich. Ich fing wieder an zu laufen. Auf dem einen Auge konnte ich nichts mehr sehen, aber das andere war perfekt. Nachmittags lag ich draußen auf der Bank und lauschte den Eichhörnchen, die herumhuschten, den Eichelhähern, die sich einander etwas zuriefen, und den Bienen, die über den Blumen der Guten Frau summten.

Als die Tage heiß und lang wurden, kam Peter zurück und wie immer ging er wieder, bevor die Blätter anfingen, von den Bäumen zu fallen.

Als die Luft kälter wurde, jagte ich die trockenen Blätter, die im Garten durch die Luft tanzten, und dann holte die Gute Frau mich hinein ins Haus und ließ mich bei ihr sitzen neben dem Kamin, in dem ein heißes Feuer brannte. Erst bellte ich die Flammen an aus Angst, dass sie aus ihrem Käfig ausbrechen und die Gute Frau verletzen könnten. Aber ich lernte bald, dass sie das Feuer mochte und gerne davor saß, auf ihrem Schoß ein großes Buch, während ihre Hand über die Seite des Sessels hing, damit sie meinen Kopf kraulen konnte.

Wenn die Luft richtig kalt wurde und die Tage kurz, machten Meine Menschen komische Sachen. Sie holten einen großen Tannenbaum in ihr Haus, an den sie lauter kleine Lichter und glänzende Bälle hängten. Ich durfte nie die unteren Zweige mit meinem Urin markieren. Manchmal riefen sie: »Sunny, halt!«, wenn ich schwanzwedelnd zum Baum ging. Ich gehorchte dann und blieb stehen, während mein Schwanz weiter wedelte und gegen die Zweige schlug, worauf es meistens klirrte, weil eine der kleinen Kugeln auf den Boden fiel. Das machte mich jedes Mal nervös, aber ich wedelte weiter mit dem Schwanz und versuchte, freundlich zu sein. Die Menschen hörten nicht auf zu schreien, dann lachten sie und schließlich zog Peter mich vom Baum weg und auf seinen Schoß, wo ich sowieso die ganze Zeit hingewollt hatte.

Zum Schluss kamen immer alle möglichen bunten Schachteln unter den Baum. Anfangs hatte ich noch mit ihnen gespielt und sie angeknabbert, bis ich herausgefunden hatte, dass ich auf die Weise nur ein »Ganz Dummer Hund« wurde. Ich hatte das schon bald gelernt, nachdem Mein Junge mir mein Zuhause gegeben hatte, vor langer Zeit. Es gab jeden Winter einen neuen Baum und er bedeutete, dass die Gute Frau, der Große Mann, die Mädchen und Peter sich alle um ihn versammelten. Später bedeutete er, dass die Gute Frau backte und das Haus schmückte und fröhlich sang, weil ihre Kinder sie besuchen kamen. In der letzten Zeit hatten die Mädchen junge Männer mitgebracht. Cara brachte Jim und Fran Samuel. Erst bellte ich sie an, dann gewöhnte ich mich an sie.

Und Peter. Peter kam immer nach Hause, wenn sie den Baum aufgestellt hatten.

Eines kalten Tages, als der Baum im Wohnzimmer stand, kam Cara mit einem winzigen Menschen an, der in einem komischen kleinen Stuhl lag, den sie an einem Henkel trug. Das kleine Ding – sie nannten es »Baby« – tat meinen Ohren weh, wenn es jammerte, und noch mehr, wenn es richtig laut schrie. Cara ließ mich nie an das Baby heran und ich war doch so neugierig; ich wollte diesen kleinen Menschen, der mehr Lärm machte als alle großen Menschen zusammen, doch einmal sehen.

Alle Meine Menschen nahmen das Baby gerne auf den Arm. Das machte mir meistens nichts aus, denn es hatte zur Folge, dass das Baby nicht so viel schrie wie sonst. Aber als Peter es in die Arme nahm, mochte ich das gar nicht. Ich winselte und dann ging ich zu ihm, sprang hoch und schlang meine Beine um sein Bein. Musste ich Meinen Jungen daran erinnern, dass er mir gehörte?

»Sitz, Sunny, sitz!«, schimpfte Peter. Aber ich hatte es geschafft. Er reichte das Baby wieder Cara und ließ mich neben sich sitzen. Ich legte mich auf den Rücken und er kraulte mir den Bauch.

Als das Baby das nächste Mal in unser Haus kam, war es größer. Es krabbelte auf allen vieren, versuchte, mir mein Futter wegzunehmen, und steckte seine Hände in meinen Wassernapf. Ich mochte dieses Baby nicht besonders. Es zog mit seinen kleinen Händen an meinem Schwanz, dass es ihn fast verdrehte. Manchmal roch es nach Urin und Exkrementen, was ich komisch fand; meistens rochen die Menschen nicht so stark. Das Baby ärgerte mich, aber ich wusste: Dies war noch so ein Mensch, dem ich treu sein musste.

Einmal, als Cara nicht da war und die Gute Frau das Baby hielt, kniete sie sich hin und rief mich. Mit meiner nassen Nase beschnüffelte ich das winzige Menschenwesen. Dann leckte ich seine Hand. Es machte ein fröhliches, kicherndes Geräusch, das mir nicht in den Ohren wehtat. Es war sogar ein schönes Geräusch. Ich fand auch, dass ich, wenn das Baby frisch gebadet war, seinen Geruch mochte; seine Haut roch dann nach Puder und sein Haar nach frischem Geißblatt. Jetzt hatte ich also noch einen Menschen zum Lieben und Beschützen.

Kapitel 35

In Sunnys dreizehntem Jahr kamen Cara und Jim und die kleine Trish, die schon gut krabbeln konnte, an Weihnachten zu Besuch. Fran hatte ihren Freund, Samuel, mitgebracht, den wir alle sehr mochten. Cara und Fran gingen mir in der Küche beim Plätzchenbacken zur Hand. Und Peter war für einen ganzen Monat gekommen! Das zweite Jahr seines Studiums schien gut zu gehen, aber er warnte uns, dass das Schlimmste noch kommen und die härtesten Prüfungen Ende Juni sein würden. Er wusste nicht, wann er uns das nächste Mal besuchen kommen könnte, aber darüber wollte ich nicht nachdenken; *jetzt* waren wir alle zusammen!

Sunny hatte die kleine Trish ins Herz geschlossen und wollte ihr immer wieder die Hände lecken. Das machte Cara ganz nervös. »Und wenn er dem Kind was tut?«, sagte sie jedes Mal. Und so kaufte Peter eine Art Hundegeschirr – eines, das Sunnys Hals nicht wehtat – und legte es ihm an, damit der Trish nicht zu nahe kommen konnte. Er benutzte es auch für die – mittlerweile sehr langsamen – Spaziergänge im Park. Es hätte mich nicht überrascht, wenn der gute alte Sunny immer noch auf andere Hunde losgegangen wäre. Er sah kaum noch etwas und konnte nur mit Mühe laufen, aber er bellte immer noch den Briefträger an und knurrte recht überzeugend, wenn abends der Beagle aus unserer Straße mit seinem Besitzer an unserem Haus vorbeikam.

Aber es ließ sich nicht leugnen: Sunny war alt geworden. Und ich wusste: Diesmal würde Peter der Abschied von seinem Hund besonders schwerfallen.

Am Heiligen Abend saßen wir alle beim Weihnachtsschmaus im Esszimmer. Cara hatte Trish zum Schlafen auf das Bett im Gästezimmer gelegt und mehrere Kissen um sie herum platziert, außerdem die Tür geschlossen, damit es ruhiger wäre. Hin und wieder schickte sie Jim los, um nach dem Kind zu sehen. Während der Mahlzeit hatte ich einmal den Eindruck, dass Trish schrie, aber sie beruhigte sich sofort wieder und wir aßen weiter. Als Jim von seinem nächsten Kontrollgang zurückkam, grinste er über beide Ohren: »Das müsst ihr euch mal ansehen!«

Sunny hatte, so alt er war, die Tür zum Gästezimmer aufbekommen und war auf das Bett gestiegen, wo er sich wie eine schützende Barriere neben das Kind gelegt hatte, damit Trish nicht hinunterfiele. Sie lag friedlich schlafend neben dem Hund. Als wir ins Zimmer kamen, schaute Sunny mit einem verstohlenen Blick fragend in die Runde, ob er etwas angestellt habe, senkte seinen Kopf und wedelte zögerlich mit dem Schwanz. Aber niemand schimpfte ihn aus. Ich rechnete fast damit, dass Cara sich aufregen würde wegen der Bakterien und so, aber ihre Reaktion war ganz anders. Mit feuchten Augen streichelte sie Sunny und flüsterte: »Papa hatte recht, du dummer alter Hund. Du bist echt eine Nummer.«

Peter holte seine Kamera und schoss mehrere Bilder, für die Sunny vornehm posierte. Trish schlief friedlich weiter. Sunny hatte ein weiteres Herz erobert.

Kapitel 36

Ich habe mich an das Baby gewöhnt. Und daran, dass alle wieder im Haus sind. Die Gute Frau ist glücklich, dass Cara und Fran und Peter und die anderen da sind. Es riecht herrlich nach Fleisch und Gewürzen im Haus. Alle schieben sie mir unter dem Tisch etwas von ihrem Truthahn zu. Musik spielt und Kerzen brennen und Peter ist bei mir. Ich bin langsamer geworden und kann nicht mehr so gut sehen, aber meine Nase ist immer noch gut. Ich erkenne Meinen Jungen an seinem Geruch und daran, wie er sich anfühlt. Er sorgt so gut für mich; er scheint genau zu wissen, was meinen Muskeln guttut und wie weit er mit mir spazieren gehen kann. Er sitzt neben mir auf dem Küchenfußboden und lässt mich aus seiner Hand fressen. Er badet mich und danach trocknet er mich mit so einem großen, flauschigen Handtuch ab, das sicherlich eigentlich für die Menschen gedacht ist. Er nimmt mich sogar mit nach oben in sein Zimmer und der Große Mann und die Gute Frau scheinen nichts dagegen zu haben. Nachts schlafe ich vor seinem Bett und am Tag sitzen wir beiden, von vielen Decken eingehüllt, draußen auf der Bank. Ich bin zufrieden.

Aber Mein Junge macht sich Sorgen. Um mich. Ich spüre es genau und ich wedele mit dem Schwanz und beschnuppere seine Hand und lasse ihn meinen Bauch kraulen. Ich will nicht, dass er sich Sorgen macht. Er ist doch bei mir – was könnte es Schöneres geben?

Als er sich von mir verabschiedet und seine Koffer in sein kleines Auto lädt, versucht er nicht, das Wasser in seinen Augen wegzuwischen. Er streichelt mich und drückt mich und sagt immer wieder: »Sunny ist ein guter Hund. Ein guter Hund.«

Kapitel 37

Die letzten drei Tage hat Sunny nichts gefressen. Ich sitze bei ihm, habe seinen Kopf auf meinem Schoß und lasse ihn aus meiner Hand Wasser trinken. Selbst das scheint ihn anzustrengen. Dr. Tyler hat gesagt, dass ich es schon merken werde, wenn es so weit ist.

Peter ist mitten in seinen Prüfungen – den großen nach dem zweiten Jahr seines Veterinärmedizinstudiums. In der letzten Woche hat er zweimal angerufen, um sich nach Sunnys Ergehen zu erkundigen. Ich habe versucht, gelassen zu klingen. »Man merkt sein Alter, aber er hält sich tapfer.« Jetzt frage ich mich, ob das nicht falsch von mir war. Peter muss seinen Hund ein letztes Mal sehen.

Ich erinnere mich an das Feuer in seinen Augen, damals, als ich das erste Mal erwähnte, dass Sunny alt werde.

Ich gehe ans Telefon und wähle Peters Nummer. Ich sage ihm, dass ich für ihn und seine Prüfungen bete. Ich frage, was sein Lernen mache. Er sagt, dass es ziemlich anstrengend sei und dass er froh sein werde, wenn es endlich vorbei sei. Nur noch 48 Stunden, dann habe er es geschafft.

Ich frage ihn nach seinen Plänen für die Zeit nach dem Zwischenexamen. Er sagt, dass er mit Freunden ausgehen wolle. Ich hole Luft und frage ihn, wie es wäre, wenn er für ein paar Tage nach Hause kommen würde. »Bei Sunny wird's immer langsamer.«

»Ist was mit ihm, Mama?« Ich höre die Angst in seiner Stimme.

»Nichts Besonderes, Junge, er ist eben alt. Ich dachte, du könntest dein Examen ja auch mit uns feiern.« Ich räuspere mich und Peter hat natürlich verstanden; er ist nicht dumm. Ich spüre, wie er mit sich kämpft.

»Peter, du bleibst und machst dein Examen, hörst du? Ich sorge für Sunny. Wenn nötig, fahr ich mit ihm zu Dr. Tyler. Mach dir keine Sorgen, du musst dich jetzt auf deine Prüfungen konzentrieren.«

Kapitel 38

Ich habe nicht mehr die Kraft, aufzustehen. Heute habe ich es zehn Mal versucht – umsonst. Sie hält meinen Kopf auf ihrem Schoß, streichelt mich und gibt mir mit der Hand zu trinken. Fressen kann ich nicht. Mein Atem geht langsam, jeder Zug tut mir weh. In ihren Augen sehe ich, dass sie mit mir leidet.

Ich glaube, ich bin bereit, meine Augen zu schließen. Es ist nicht so gekommen, wie ich gehofft hatte, aber in den letzten Tagen habe ich all die anderen Tage mit ihm, mit Meinem Jungen, noch einmal erlebt. Die Menschen verstehen nicht immer, wie treu wir sind, wie wichtig es uns ist, zu jemand zu gehören. Ich habe jemandem gehört und ich bin zufrieden. Ich kann noch nicht einmal mehr mit meinem Schwanz wedeln, um ihr zu zeigen, dass alles gut ist. Ich sehe, wie das Wasser aus ihren Augen läuft, und das bedeutet immer, dass sie leidet.

In der letzten Zeit hat sie oft dieses Wasser auf ihrem Gesicht gehabt, und ich habe mich gefragt, ob meinem Jungen etwas passiert ist. Hat er es nicht geschafft, nach Hause zu kommen? Es ist jetzt schon so lange. Ich kann die Zeit nicht zählen, aber ich erinnere mich: Das letzte Mal, wo er bei mir war und auf dem Boden saß und ich zwischen seinen Beinen lag und er mich streichelte, fühlte ich mich stärker. Ich konnte noch bellen. Ich konnte nicht mehr rennen, aber zwei Mal ging ich mit ihm mit.

Jetzt scheint nichts in meinem Körper mehr zu funktionieren. Ich kann noch nicht einmal mehr mein Territorium markieren.

Kapitel 39

Ich trage Sunny auf die Bank, die von der Sonne beschienen wird. Der Tag ist mild. Ich glaube, dass es sein letzter sein wird, und möchte, dass er hier draußen ist, wo er so oft war, bei den Geräuschen und Gerüchen, die er liebt. Wir sitzen auf der Bank und ich singe leise die Wiegenlieder, die ich vor so langer Zeit Peter gesungen habe. Ich weiß selber nicht, warum ich das mache – einem sterbenden Hund Wiegenlieder vorsingen.

Ich kann nur noch beten. Es ist immer wieder dasselbe Gebet: »Gott, gib, dass er bald hier ist.« Aber ich rufe ihn nicht an. Erst muss er seine Prüfungen machen, dann wird er kommen. Sonst kann ich nichts tun, auch nicht Sunny bitten, noch weiter durchzuhalten. Er hat wacker gekämpft und jetzt ist es so weit. Ich werde Hudson bitten, uns zum Tierarzt zu fahren, und dort werde ich bei ihm sein, wenn Dr. Tyler ihn erlöst.

Kapitel 40

Ich liege auf der Bank in der Sonne. Ich kann jetzt gar nichts mehr sehen mit meinen Augen, aber ich kann noch hören. Und riechen. Ich rieche Leben, das Leben des Gartens, den ich liebe, den Geruch der Guten Frau, die so gut für mich gesorgt hat, den süßen Duft ihrer Blumen, und ich höre das Summen von wohl einem Dutzend Bienen, die dabei sind, Nektar zu sammeln. Ich höre noch andere Dinge – einen Vogel, dann das Kläffen des lästigen Beagles aus unserer Straße. Ich bin jetzt eine Weile nicht mehr draußen gewesen. Sein Gekläffe stört mich nicht mehr. Er ruft mich, fragt sich, wo ich bin. Ich habe nicht die Kraft, ihm zu antworten.

Er fragt mich nach Dem Jungen, und was soll ich sagen? Dass ich immer gewartet habe, gut gewartet in dem Wissen, dass ich ihm wichtig bin und dass er kommen wird.

Wenn er dieses Mal kommen wird, werde ich nicht mehr da sein.

Die Gute Frau steht von der Bank auf und flüstert mir etwas zu. Ich höre, wie ihre nackten Füße durch das Gras ins Haus gehen. Früher bin ich ihr immer gefolgt, aber heute schaffe ich das nicht. Und so bleibe ich auf meiner Bank.

Ich schlafe ein und wieder träume ich von ihm. Der Traum ist so echt, dass ich ihn fast rieche, fast seinen etwas schiefen Gang höre, die Art, wie er das eine Bein ein ganz klein wenig nachzieht. Ich sehe ihn, wie er jung und lächelnd vor mir steht, mich streicheln will. Vielleicht soll mein Leben so aufhören – dass dieser Geruch immer stärker wird, immer vertrauter, der Geruch nach dem Schweiß harter Arbeit und großer Güte, der seit unserer ersten Begegnung zu Meinem Jungen gehört.

Der Schritt wird lauter, dieser unregelmäßige Rhythmus, die Schnelligkeit, die so typisch für ihn ist.

Ich erwache aus dem Traum. Ich höre, wie die Gute Frau etwas ruft. Ihre Stimme ist hoch und gefühlsgeladen, bald wird sie wieder weinen. Dann eine Hand auf meinem Kopf, eine Nase, die sich in mein Fell bohrt, und das Wasser aus Menschenaugen an der Stelle direkt über meiner Schnauze, und ich merke: Nein, ich träume nicht. Er ist gekommen. Endlich.

Ich gebe ihm alles, was ich habe: ein schwaches Jaulen. Er streichelt mich so sanft und flüstert beruhigende Worte und weint, wie die Menschen weinen. Er riecht nach Medizin und Müdigkeit.

Jetzt ist die Frau neben ihm und sie flüstern und berühren einander und dann berühren sie mich.

Mein Junge ist stärker, als ich ihn in Erinnerung habe. Er hebt mich ohne Mühe hoch und trägt mich ins Haus. Er legt mich auf den kühlen Fußboden und lässt sich von mir die Hand lecken, wieder und wieder. Mehr kann ich nicht mehr tun, aber das ist genug. Er weiß es und ich weiß es. Ich habe gewartet und er ist gekommen und ich bin zufrieden.

Kapitel 41

So, wie er zu uns kam, verließ er uns: im Herbst und Peters Hand leckend. Er war jämmerlich schwach, als er die letzten, schweren Atemzüge tat, mit Würde in seinen müden Augen. 36 Stunden lang saß mein Sohn bei Sunny, 36 Stunden, in denen er sich nicht umzog und nichts aß. Er saß da und streichelte seinen Hund, und Sunny lebte weiter und leckte friedlich Peters Hand, wie das seine Gewohnheit war. Peter und Sunny saßen da und waren zufrieden und dann, nach einem letzten Lecken und Atemzug, war Sunny nicht mehr.

Wir redeten nicht viel in diesen Stunden. Für mich waren sie eine heilige Zeit zwischen dem Hund und seinem Herrn. Ich musste etwas finden, um beschäftigt zu sein, und so fing ich an, in einem Tagebuch alles über diesen lieben und verrückten Hund aufzuschreiben, woran ich mich erinnern konnte – jeden seiner Streiche und alles, was er uns und Peter gebracht hatte.

Wir begruben ihn unter der grünen Bank und ich pflanzte dort Tulpen für den Frühling und Stiefmütterchen im Herbst. Wenn ich heute auf dieser Bank sitze und einen Roman lese, spüre ich manchmal fast seinen Kopf auf meinem Schoß und kann ihn fast riechen. Und dann höre ich, wie ich seinen Namen flüstere und einen Kloß im Hals bekomme.

Ich denke zurück an alles, was Sunny mir gab. Wie ich wieder Hoffnung bekam, als ich sah, wie mein Zwölfjähriger mit ihm spielte, wie ich zuversichtlich wurde, wenn Sunny neben meinem Teenagersohn hersprang und ihm ins nächste Abenteuer folgte. Ich denke daran, wie Sunny mir half, mit den Mühen der Midlife-Krise und des leeren Nestes fertigzuwerden, und wie wir beiden uns freuten, wenn die Kinder auf Besuch kamen und dann das Enkelkind. Er zeigte mir, dass Tränen in Ordnung waren in den Umbrüchen des Lebens und wie wichtig es war, jemand Liebes zu haben, der sie einem abwischte – oder ableckte.

Aber vor allem lehrte er mich, meinen eigenen Herrn mit anderen Augen zu sehen. Ich hoffe, dass ich gelernt habe, Gott mehr zu lieben, mehr zu achten, mich mehr an seiner Gegenwart zu freuen. Wenn mir das gelungen ist (und ich hoffe, das klingt jetzt nicht ketzerisch, aber Gott hat ja auch die Hunde erschaffen), dann deshalb, weil ich zwölf Jahre an der Seite einer neurotischen Promenadenmischung verbracht habe.

Peter blieb einen Monat bei uns, bevor er sein letztes Studienjahr begann. Er trauerte um seinen Hund. Als er fuhr, nahm er den zerrissenen Rucksack mit sowie ein kleines Bild, das ich gemalt hatte und das Sunny und ihn auf der Gartenbank zeigte.

Kürzlich rief er uns an. Hudson und ich hielten den Hörer zwischen uns, damit wir beide Peters Stimme hören konnten. Er sagte, dass er sein Abschlussexamen bestanden und eine Anstellung bei einem Tierarzt bekommen habe. Aus jedem Wort, das er sagte, sprach das Selbstbewusstsein eines jungen Mannes, der sich auf Tiere verstand, auf das Leiden und auf die Macht der Liebe zwischen Menschen und Haustieren – zwischen einem Jungen und seinem Hund. Und wir lächelten und nickten einander zu. Jawohl, Peter würde ein guter Tierarzt werden, und das war Sunnys Verdienst.

Als wir auflegten, küsste Hudson mich auf die Stirn und flüsterte: »Ich hab's ja gesagt, der Hund ist echt 'ne Nummer.«

Romane von Elizabeth Musser im Johannis Verlag

Das Hugenottenkreuz
432 Seiten
Bestell-Nr. 72 418
ISBN 978-3-501-01414-1

Die Kraft der Liebe
496 Seiten
Bestell-Nr. 72 421
ISBN 978-3-501-01426-4

Der Preis der Treue
464 Seiten
Bestell-Nr. 72 411
ISBN 978-3-501-01388-5

Der Flug des Schwans
496 Seiten
Bestell-Nr. 72 429
ISBN 978-3-501-01452-3

Das Geheimnis des Bildes
416 Seiten
Bestell-Nr. 72 451
ISBN 978-3-501-01512-4